너를 위한 해피엔딩

너를 위한 해피엔딩

쇼지 유키야 지음 | 김윤수 옮김

다섯
책방

차례

데루코의 선택

꿈을 꿨다.

묘하게 눈이 부셨다.

천장에서 늘어진 전구 불빛 때문일 것이다. 갑자기 불빛이 격렬하게 흔들리기 시작한다. 지진일까. 몸을 옴짝달싹할 수 없다. 목소리도 나오지 않는다.

아아, 죽는구나.

더 이상 불빛이 보이지 않는다. 어두웠다. 그러자 어디선가 목소리가 들렸다.

들립니까?

"들려요."

바쿠라고 불러주십시오.

"바쿠? 그런 친구는 없는데요."

친구가 아닙니다. 처음 뵙는 걸요.

"뵙는다고 해도 얼굴이 안 보이는 걸요. 여긴 어디죠? 컴컴해서 코를 베어가도 모르겠어요."

당신은 죽음의 문턱 앞에 와 있습니다.

"그런가요."

네.

"피할 수 없는 건가요."

그렇습니다. 생명을 가진 자라면 누구든 마찬가지죠.

"바쿠 씨라고 했나요?"

네.

"저승길을 안내하는 분이세요?"

아닙니다.

"그러면 꿈을 먹는다는 그 바쿠예요?"

아닙니다. '추억'을 먹습니다.

"추억?"

죽음을 앞둔 당신의 추억을 먹기 위해서 왔습니다.

"내 추억을?"

그렇습니다.

"맘대로 하세요. 죽으면 모두 사라질 텐데요, 뭘. 내가 뭘 해야 할지 전혀 모르겠지만 맘껏 드세요. 설마 아프지는 않겠죠? 그렇다면 거절하고 싶은데요."

아프지는 않습니다. 먹는다는 것도 비유일 뿐입니다. 만약 추억을 주신다면 당신에게 드릴 게 있습니다.

"참 양심적이시네요."

감사합니다.

혹시 되찾고 싶은 게 있습니까?

"되찾고 싶은 거라니요?"

물건이 아니어도 괜찮습니다. 동물, 집, 땅, 친구, 애인, 부모, 형제, 아니면 우정이나 애정, 신뢰 같은 형체가 없는 것도 괜찮습니다. 뭐든지 상관없어요. 그동안 살면서 잃어버린 소중한 한 가지를 되찾을 수 있는 순간을 드립니다.

"정말로요?"

네.

"그렇다면 과거로 돌아가는 거네요?"

맞습니다. 그걸 되찾기 직전이나 잃어버리기 직전으로 돌아가서 그걸 손에 넣은 순간부터 다시 인생을 살게 됩니다. 저는 그렇게 해드릴 수 있습니다.

다만.

"그때부터 시작된 날들의 지난 추억은 바쿠 씨가 갖는 거고요?"

이해력이 정말 탁월하시군요.

새로운 인생이 어떻게 될지 보장은 하지 못합니다. 다시 한 번 사는 건 분명하지만 그 인생이 과연 멋지게 전개될지는 저도 알지 못합니다.

"그렇군요."

죄송하게도 그렇습니다. 그리고 당신이 새로운 인생에서 다시 눈을 감는 날, 저를 포함해서 모든 게 기억날 겁니다. 그때 소중한 걸 손에 넣고 다시 한 번 살았던 걸 후회할 수도 있습니다.

"예를 들면, 나를 차버린 애인을 되찾았다고 해도 그 후에 서로 미워하다가 최악의 결과를 맞을 수도 있다는 거네요?"

그렇습니다.

물론 당신은 이 제안을 거절할 수 있습니다. 당신이 이대로 눈을 감길 원한다면 저도 이대로 이곳을 떠납니다.

"흐음. 착해지려다 만 저승사자 같네요."

재미있는 표현이군요.

어떻게 하시겠습니까? 죄송하지만, 시간이 별로 없습니다. 당신 생명의 등불은 곧 꺼집니다.

"느긋하게 기억을 더듬을 시간도 없군요."

그러게나 말이죠.

"질문 하나 해도 될까요?"

그러시죠.

"뭔가를 손에 넣으면 다른 뭔가를 잃는 게 세상의 이치죠. 소중한 걸 되찾게 되면 좋지만, 더 소중한 걸 잃을 수도 있는 거죠?"

그건 저도 모릅니다. 하지만 가능한 일이군요.

"그러면 결심했어요."

무엇을 되찾을지 정하셨습니까?

"어떻게 하면 되죠? 바쿠 씨에게 말하면 되나요?"

아닙니다. 마음속으로 생각하면 됩니다. 되찾고 싶은 것, 잃어버린 것을 간절히 떠올려보십시오. 그러면 당신은 그것을 잃기 직전으로 돌아가게 되고, 그것을 잃지 않는 방법을 선택하게 됩니다. 물론 지금 이 상황은 기억에 남아 있지 않습니다. 어디까지나 자연스럽게 선택하는 겁니다.

"그냥 바라면 되는 거네요. 알았어요."

내가 열두 살 때, 아버지는 서른다섯이라는 젊은 나이로 세상을 떠났다.

강하고 자상하고 다부진 분이셨지만, 그만 병마에 져버리고 말았다. 아버지는 병상에서 몇 번이나 "그럴 수 없어"라고 말했다. 병에 지는 것도, 아직 어린 나와 사랑하는 엄마를 두고 떠나는 것도.

나와 엄마는 그때 평생 흘릴 눈물을 모두 흘려보냈다. 다만 세상이 어수선할 때라, 엄마는 전쟁터에서 죽어 뼈가 어디 있는지도 모르는 것보다는 낫다고 했다. 적어도 아버지는 가족들의 간병을 받으며 집에서 눈을 감았으니까.

집안의 기둥을 잃은 엄마와 나는 외가로 향했다. 작은 동네였지만 대학교가 있어서 학생들로 활기가 넘쳤다.

외할머니는 그곳에서 하숙을 치고 계셨다. 외할아버지가 전쟁에 참전했다가 한쪽 다리를 잃은 후로 학생들의 왕래가 많은 거리에 있던 집을 하숙집으로 개조했다.

하숙집이라고 해도 2층에 방 세 개가 전부였다. 하숙비만으로 생계를 꾸려가기 버거웠던 탓에 옛날에는 외할머니가 가곡을 가르치며 부수입을 얻었다고 했다.

내가 열다섯 살 때 외할머니도 돌아가시고 나는 엄마와 둘이서만 소박하게 지냈다. 엄마는 남다른 기술은 없었지만 절약정신만큼은 뛰어났다. 어려운 형편에도 하숙생들의 격려를 받으며 즐겁게 하루하루를 보냈다.

와카미야 씨가 우리 집에 들어온 것은 내가 열여덟 살 때였다.

그해 봄, 하숙생 두 명이 모두 나갔다. 그리고 유감스럽게도 바로 하숙을 들어오겠다는 사람은 없었다. 엄마와 나는 여기저기 말을 건네며 새로운 학생들을 찾았다.

당장의 생활비는 있었기 때문에 반년 정도는 하숙생이 없어도 문제없었다. 하지만 한 달이 지나고 다시 반달이 지나도 상황이 달라지지 않자, 마침내 나도 직장을 구해야겠다는 생각을 하기에 이르렀다.

그때 와카미야 씨가 불쑥 나타났다.

대학 2학년생이었다. 시골의 상당한 부잣집 아들이었지만 부모님이 돌아가신 후 모조리 정리를 하고 이곳에서 집을 찾고 있다고 했다.

"정리라니요? 어떤 의미죠?"

작은 탁자를 사이에 두고 엄마가 물었다. 와카미야 씨가 웃음을 지었다. 그 속에서 서늘한 괴로움이 엿보였다.

"실은 작은 아버지께 속았습니다."

부모님이 돌아가신 후, 어릴 적부터 가까이 지냈던 작은 아버지에게 모든 일을 부탁했다고 한다. 학생이었던 와카미야 씨가 유산 같은 어려운 문제를 알 턱이 없었다. 학비와 생활비는 모두 작은 아버지에게서 받아왔다고 했다.

엄마는 와카미야 씨의 차림새를 쓱 훑어보았다.

"특별히 불편한 건 없었나 보네요."

와카미야 씨가 고개를 끄떡였다.

"그 탓도 있었을 겁니다."

그런데 올해 그런 방면에 대해 잘 아는 친구를 사귀었고, 이런저런 이야기 끝에 그에게서 이런 말을 들었다고 했다.

"고향에 가서 모든 걸 분명히 해달라고 해. 네 몫을 모두 현금화하는 게 좋겠어."

부모님도 안 계시니 이제 고향으로 돌아갈 일도 없을 거라는 말에 와카미야 씨는 고개를 끄덕였다. 그래서 고향에 있는 작은 아버지를 찾아갔다.

"예상대로였어요."

"뒤통수를 맞았군요? 작은 아버지한테."

엄마는 하숙을 치면서 말투가 경박해졌다. 방어수단이라고 생각했다. 많이 배운 성실한 학생들이라 해도 역시 젊은 남자들을 상대해야 하는 일이었고, 여자 둘이 살기 위해서는 그런 면이 필요했다.

와카미야 씨가 쓴웃음을 지었다.

"그래도 생각보다는 나은 편이었어요."

대학을 졸업하고 계속 연구에 몰두할 정도는 남아 있었다고 했다.

그래도 친척에게 사기를 당했으니 사람들과 어울리는 것도 넌더리가 나서 칩거라도 할 요량으로 집을 찾았는데, 역시 생활 속 자잘한 일들은 남자 혼자서 불편하고 사람을 구하려니 일일이 면접을 보는 게 귀찮았다고 했다.

"그래서 하숙이 제일 속 편하다고 생각했어요."

 와카미야 씨는 번거롭게 사람들과 어울리고 싶지 않다면서 2층 방 세 개를 모두 빌리고 싶다고 했다. 짧아도 4년이나 5년 동안. 엄마는 흔쾌히 수락했다.

 사람이 싫다는 게 마음에 걸렸지만, 그런 말을 하는 것치고는 성격이 시원시원하고 대인관계도 좋은 사람이었다.

 과연 말수는 적었다. 그렇다고 엄마와 나를 피하지는 않았다. 질문을 하면 싫은 내색 없이 대답하고 식사 때에는 시사 문제에 가볍게 응수하며 우리 모녀를 웃게 만들었다.

 하지만 먼저 말을 거는 일은 거의 없었다.

 학교에 가지 않는 날에는 온종일 방에 틀어박혀서 두껍고 어려워 보이는 책을 읽었다. 그동안 거쳐 간 하숙생들 중에서도 유난히 얌전하고 조용한 사람이었다.

 그런데 내 눈에는 그 모습이 아주 좋아 보였다. 예전 하숙생들도 즐겁고 좋은 사람들이었지만, 간혹 왁자지껄 술을 마시며 소란을 피웠으니까.

엄마도 와카미야 씨 같은 사람이 장차 훌륭한 사람이 되어 이 나라를 짊어질 거라고 했을 정도다.

두 달 정도 지난 초여름 어느 저녁.

"데루코 씨."

방에 세탁물을 전해주러 가자, 와카미야 씨가 웬일로 미소를 지으며 나를 불러 세웠다. 사람들은 내 이름을 짧게 데루라고 줄여 불렀지만, 와카미야 씨는 언제나 '데루코 씨'라고 불렀다. 나를 어엿한 어른으로 대하는 것 같아 나는 그 말을 들을 때마다 기뻤다.

"연극 좋아해요?"

"연극이요?"

대학 친구가 표를 줬다는 말을 덧붙였다.

"조금은 속세의 견문을 넓히라더군요."

와카미야 씨가 쓸쓸하게 웃었다. 그런데 그 표가 두 장이라는 것이다.

"둘이서 가는 것도 뭐하니, 한 장은 내가 사죠."

그러면서 어머니와 셋이서 가지 않을래요? 라고 물었다. 물론 나는 찬성했다. 그런데 엄마는 공교롭게도 그날 밤 중요한 일이 있으니 둘이서만 다녀오라고 했다.

"둘만 있으면 안 된다고 할 만큼 촌스럽진 않아요."

엄마의 말에 와카미야 씨는 또 쓴웃음을 지었다.

엄마가 말하는 볼일이라는 게 뭔지 전혀 짐작이 가지 않았지만, 나는 서둘러 외출 준비를 마치고 와카미야 씨를 따라 오랜만에 연극을 보러 집을 나섰다.

단 둘이 나가는 첫 외출이었다. 장을 보러 나섰다가 수업을 마치고 돌아오던 와카미야 씨를 우연히 만나 나란히 걸어온 적은 있었지만.

"데루코 씨는 —."

"네."

"걸음이 빠르네요."

"엄마가 늘 그러세요, 여자답지 못하다고. 하느작하느작 걸으면 좋겠지만 자꾸만 빨라지네요."

그 말에 와카미야 씨가 복잡한 표정을 지어 보였다.

"중심이 앞에 있어서 그래요. 조금 더 고개를 들어요. 등을 쭉 펴고 다리에 힘을 빼봐요."

어려운 말을 한다.

"고치는 게 좋을까요?"

와카미야 씨가 빙긋 웃었다. "나는 남자라서 이 정도의 속도가 좋네요"라고 하면서 앞으로는 여자들도 남자들만큼이나 바깥활동을 하게 될 테니, 이대로도 괜찮을 것 같다고 답해준다.

"엄마는 결혼이 늦어진다고 걱정하세요. 내가 걷는 모습을 보면 백년의 사랑도 단번에 깨질 거라면서요."

와카미야 씨가 신음소리를 냈다.

"걷는 모습을 봐도 데루코 씨에게 호감을 갖는 사람이 있을 거예요."

"그럴까요?"

"내가 그렇거든요. 보장하죠."

여느 때처럼 아무렇지도 않게 한 말에 나도 자연스럽게 대답했다.

"그래요."

하지만 다음 순간 튀어 오를 정도로 놀랐다. 지금 와카미야 씨가 무슨 말을 한 건가. 내게 호감이 있다고 말한 건가.

단지 글자 그대로의 의미일지도 모른다. 하숙집 딸로서 잘하고 있다, 고맙다는 뜻일지도 모른다. 하지만 단 둘이 있을 때 그런 말을 들으면.

두 뺨이 붉어지는 걸 어쩌지 못하고, 다시 걸음이 빨라졌다. 연극을 볼 때도 옆에 앉은 와카미야 씨 때문에 심장이 두근거려 뭘 봤는지 하나도 기억나지 않았다.

• • •

가키자와 씨가 온 건 그로부터 한 달쯤 지나서였다.

와카미야 씨가 이 친구에게도 방을 내어달라며 데리고 왔다. 같은 대학 2학년으로 학부는 달랐지만 친한 친구라고 했다.

사람이 싫다면서 친한 친구가 있다는 게 의아했지만, 가키자와 씨는 와카미야 씨에게 작은 아버지를 조심하라고 조언해준 바로 그 사람이었다.

"원래 와카미야 학생에게 빌려주는 방이었으니까요. 신원도 확실하고 식비만 낸다면 상관없어요."

엄마가 대답했다.

와카미야 씨 옆에 나란히 앉아 있던 가키자와 씨가 고맙다며 고개를 끄덕였다. 물론 자신의 하숙비는 본인이 내겠다며.

사정이 있어서 집에서 받던 원조가 끊겼지만, 그쪽으로 재주가 있는지 학교를 다니면서 여러 가지 일을 해 수입을 얻고 있다고 했다. 와카미야 씨는 자신과 달리 사람들과 잘 어울리는 유망한 남자라며 가키자와 씨에 대한 칭찬을 아끼지 않았다.

가키자와 씨는 하나부터 열까지 와카미야 씨와 정반대였다. 와카미야 씨가 날렵하고 동그스름한 어깨에, 가냘파 보이는 인상을 지닌 데 반해, 가키자와 씨는 아주 건장한 체격이었다.

키는 와카미야 씨보다 작았지만, 다부진 어깨와 각진 턱, 날카로운 눈빛에서 강한 의지가 엿보였다.

"와카미야 씨는 지팡이 같은 사람인데, 가키자와 씨는 왜나막

신 같은 사람이야."

두 사람이 방으로 올라간 다음 엄마가 말했다. 두 사람에게는 미안하지만 너무나 맞는 말이라서 엄마와 나는 배꼽이 빠져라 웃었다.

가키자와 씨가 온 뒤로 와카미야 씨도 훨씬 밝아졌다. 매일 함께하는 식사 자리는 한층 떠들썩해졌고 나와 엄마는 매일 배를 붙잡고 웃었다.

와카미야 씨와 가키자와 씨는 고향도 같다고 했다. 살던 마을은 달랐지만, 어릴 때에는 유도대회에서 종종 마주치던 사이였다고.

"유도요?"

깜짝 놀랐다. 가키자와 씨는 그렇다 쳐도 와카미야 씨는 유도와는 거리가 먼 사람 같았으니.

"어릴 때만 좀 한 거예요."

와카미야 씨가 부끄럽다는 듯이 웃었다.

"그런데요, 데루코 씨, 그때 난 이 친구를 당해낼 수 없었어요."

"정말요?"

두 사람이 시합에서 맞붙은 건 열 손가락 안에 꼽을 정도였지만, 가키자와 씨는 와카미야 씨에게 전패했던 일을 아주 또렷하게 기억하고 있었다.

"지금이라면 가키자와가 한 손으로도 내 팔을 잡고 비틀어 눌러버릴 수 있을 걸요."

와카미야 씨가 이제 그 얘기는 그만하라며 말렸다.

가키자와 씨가 놀리며 말을 걸면 와카미야 씨는 쓴웃음을 지으며 대답했다. 두 사람은 잘 어울렸다.

와카미야 씨가 눈에 띄게 밝아지는 모습에 나도 기뻤다. 방에 가면 내게 먼저 말을 거는 일도 잦아졌다. 책을 주며 읽어보라고 권하는 일도 있었고 잘 모르는 것을 물어보면 아주 자상하고 친절하게 가르쳐주기도 했다.

그 자리에 가키자와 씨가 함께 있을 때도 있었다.

가끔 두 사람은 내가 도저히 이해하지 못할 정치문제와 국제정세 등을 언급하며 싸우듯이 열띤 논쟁을 벌였다. 내가 놀라 당황하면 둘이서 알기 쉽게 설명을 해주기도 했다. 와카미야 씨의 전공인 문학에 대해서도 마찬가지였다. 논쟁이 열기를 띠면서 말다툼처럼 번져가면 나는 두 사람 사이에 끼어들어 차를 권해 분위기를 누그러뜨렸다.

여름이 끝나고 가을이 지나고 계절은 겨울로 바뀌었다. 화로 위에서는 양철주전자가 퓨퓨 소리를 내며 끓었고, 엄마와 나, 와카미야 씨, 가키자와 씨가 함께 지내는 생활은 조용히 흘러갔다.

그 무렵 나는 혼기가 찬 처녀였다. 그리고 엄마는 혼기가 찬 딸을 가진 '엄마'였다. 그런 이야기가 전혀 나오지 않았다면 거짓말이다.

"누구든 괜찮은데."

밤에 바느질을 하고 있는데 엄마가 불쑥 입을 열었다.

"뭐가?"

"뭐라니?"

엄마가 후훗 하고 웃으며 천장을 올려다보았다.

"와카미야 학생과 가키자와 학생, 모두 훌륭한 사람들이야. 누군가가 너에게 반하지 않을까 싶어서."

"엄마!"

나는 함부로 말하지 말라며 화를 냈다. 하지만 엄마는 태연하게 말을 이었다.

"어머, 흔히 있는 일이야. 공교롭게도 우리 집은 좋은 연분을 찾으려 해도 아무런 연고도 없잖니. 만물점 가네 씨에게 부탁해도 소개해주는 사람은 변변찮은 장사꾼의 둘째 아들뿐이고. 장래의 학사님이 훨씬 낫지."

엄마에게는 그런 계산적인 면이 있었다.

"학생들 상대로 하숙을 치는데 당연한 거지. 이쪽에서 먼저 꼬리치는 건 조신하지 못하지만 기대하는 거야 내 맘 아니겠니?"

"그건 그거고."

절대 그 두 사람에게 이야기하지 말라며 엄마에게 못을 박았다. 엄마는 알았다, 알았어, 라며 혀를 낼름 내밀었다.

그런데 가슴이 두근거린 건 사실이었다.

엄마는 물론 아무에게도 말하지 못했다. 이런 생각을 하는 내가 부끄러워서 두부 모서리에 머리라도 박고 싶은 심정이었다.

그즈음 가키자와 씨가 불현듯 다가서는 느낌을 받을 때가 있었다.

어떻게 표현해야 할지. 나는 가방 끈이 짧아서 그런 건 잘 모른다. 어찌 됐든 실제로 몸을 가깝게 붙여오는 건 아니다.

가키자와 씨의 방을 청소하고 있을 때나 세탁물을 건네주러 갔을 때, 셋이서 이야기를 하다가 와카미야 씨가 화장실에 가고 가키자와 씨와 둘만 남았을 때, 그럴 때마다 가키자와 씨가 동요하고 있다는 느낌을 받을 때가 잦아졌다. 갑자기 내 몸 어딘가를 꽉 붙잡힌 듯한 감각이다.

물론 가키자와 씨도 훌륭하다. 와카미야 씨와는 정반대로 쾌활하고 남자답고 힘세고, 그러면서도 마음 씀씀이가 세심하다. 내가 마루에 장식해놓은 꽃을 보고, 언제나 고맙다고 말해주었다.

때문에 싫은 건 아니지만.

괜한 착각이라면 그뿐이지만.

그럴 때, 기코 언니가 찾아왔다.

"데루코, 잘 지냈어?"

"기코 언니!"

기코 언니는 내가 이곳으로 처음 왔을 때 바로 친해진 다다미 가게의 딸이다. 나보다 세 살 많은데, 작년에 결혼해서 옆 마을로 이사 갔다. 낯선 곳에 와서 두려움이 많던 나를 항상 격려해주던 착하고 믿음직한 사람이었다.

"친정에 볼일이 있어서."

남편과 싸우고 온 건 아니라며 기코 언니는 웃어 보였다. 엄마는 볼일을 보러 나갔기 때문에 언니와 나는 방에서 이야기꽃을 피웠다.

"지금은 없나 보네, 새로 온 학생."

위를 올려다보며 기코 언니가 물었다.

"둘 다 학교에 갔어요."

"어떤 사람들이니?"

여자치고는 거리낌 없이 말을 하는 기코 언니가 흥미진진한 얼굴로 물었다.

"좋은 사람들이에요."

솔직하게 대답했다. 기코 언니에게는 의논할 수 있지 않을까, 와카미야 씨와 가키자와 씨의 일을.

기코 언니가 내 마음을 읽은 것인지 아니면 내 얼굴에 드러난 것인지 기코 언니가 씩 미소를 지었다.

"데루코도 그럴 나이가 됐지."

무슨 일이 있었냐고 물어본다. 특별히 무슨 일이 있었던 건 아니었지만, 와카미야 씨가 했던 말이나 가키자와 씨에게 받은 느낌을 털어놓았다.

기코 언니는 흠, 흠 하고 고개를 끄떡이며 진지하게 들어주었다. 그러고는 내 손 위로 자신의 손을 포개며 말했다.

"데루코."

"네."

"그때가 올 거야."

"그때?"

'온다'는 게 무슨 뜻일까?

"선택하는 순간, 선택 받는 순간."

기코 언니는 진지했다.

"나처럼 중매로 만났어도 마지막 선택은 자신이 하는 거야. 선택 받는 것도 나고. 중매는 다른 사람이 권한 것이긴 하지만, 자진해서 선택한 건 결국 나인 거야."

그렇구나.

"데루코."

"네."

"사람 인연이라는 건 운명과는 다른 거야. 선택지가 제시되는 것뿐이지."

"선택지?"

처음 듣는 단어였다. 기코 언니는 몇 가지 길 중에서 고를 수 있는 거라고 설명해주었다.

"옛날 여자들은 눈앞에 선택지가 있어도 고르라는 걸 골라야 했어. 이제는 아니야. 자기가, 자신의 의지로, 마음 가는 대로 선택할 수 있는 거야."

"마음 가는 대로."

"그래!"

기코 언니는 그 인연을 똑바로 응시하라고 덧붙였다. 분명히 그때가 올 거라고. 그리고 그때는 자신의 마음이 시키는 대로 하라고 말이다.

• • •

그런 일 외에는 하루하루 아주 평화로웠다. 그런데 새해가 되고 며칠 지났을 때 한차례 큰 파도가 휘몰아쳤다.

나는 어수선한 연말부터 친가에 가 있었다. 병으로 쓰러지신 할아버지가 정말 위독해지셨다며 편지가 도착했던 것이다. 여자

일손이 부족하다는 말과 함께. 그동안 여러 가지 일들이 있었고, 엄마는 내 친할아버지, 즉 시아버지와 사이가 좋지 않았다. 엄마도, 친가도 서로 얼굴을 마주하려 하지 않았다. 하지만 손녀인 나는 별개였다. 할아버지와 할머니는 항상 나를 걱정해주셨다.

그리고 할아버지는 나를 보고 싶어 하셨다.

엄마는 그런 마음마저 모른 척할 정도로 매몰차지 않았다. 이번이 마지막일지도 모르니 어서 다녀오라고 재촉했다.

와카미야 씨와 가키자와 씨는 돌아갈 고향 집이 없었기 때문에 하숙집에서 새해를 맞을 예정이었다. 그래서 해야 할 일이 많을 텐데 엄마는 걱정 말고 다녀오라고 했다. 두 사람 역시 엄마를 도와 새해를 잘 보내고 있을 테니 걱정 말고, 라고 말하며 나를 안심시켰다.

할아버지는 내 얼굴을 보자 마음이 놓이셨는지 잠을 자듯 조용히 숨을 거두셨다.

오랜만에 만난 일가친척들과 할머니는, 이렇게 말로 표현하긴 그렇지만, 이제 엄마를 나쁘게 말하는 사람은 없으니 언제든지 함께 오라며 따뜻한 말을 건넸다.

할아버지가 돌아가신 건 물론 슬펐다. 하지만 나는 가슴 깊이 박혀 있던 작은 가시가 빠진 듯한 마음으로 집에 돌아올 수 있었다.

"데루코 씨, 어서 와요."

해질 무렵, 집에 도착한 나를 맞이한 사람은 엄마가 아니라 와카미야 씨였다. 더구나 소매가 달린 앞치마를 입고 있었다.

나는 웃음을 터뜨리고 말았다.

"안 어울려요?"

와카미야 씨가 머쓱하게 웃었다.

"미안해요. 아주 잘 어울려요."

진심이었다. 와카미야 씨는 가부키 여장을 해도 어울릴 만큼 얼굴이 말쑥했다. 그래서인지 앞치마도 잘 어울렸다.

"그런데 차림이 왜 그래요? 엄마는요?"

"그게 사실은."

엄마에게 너무 많은 신세를 졌다고 와카미야 씨가 대답했다.

"신세라뇨?"

내가 친가로 간 다음날부터 와카미야 씨와 가키자와 씨 둘 다 앓아누웠다는 것이다.

"어머나."

"감기가 어찌나 독하던지."

고열로 사흘 밤낮을 신음하며 앓았고 간신히 열은 내렸지만 한동안 일어나지 못했다는 것이다.

"그동안 사다코 아주머니가 밤잠도 못 주무시고 간병을 해주셨어요."

"그랬군요."

보통 일이 아니었을 것이다. 성인 남자 두 사람을 간병하는 일이다. 고열이 사흘이나 계속되었다면 밤새도록 그 곁을 지켜야 할 때도 있었을 것이다. 전보라도 보냈다면 당장 집으로 돌아왔을 텐데, 엄마도 할아버지와 할머니에게 마음을 쓰고 있었던 것이다.

"다행히 폐렴으로 번지지 않고 이렇게 나았네요."

"정말 다행이에요."

그래서 가키자와 씨가 연말연초 고생한 엄마를 데리고 연극도 보고 맛있는 것도 먹으러 나갔다고 했다.

약속을 잡은 다음에야 내가 돌아온다는 전보가 도착했기 때문에 와카미야 씨가 남아서 저녁 준비를 하고 있었던 것이다.

"안 그래도 됐는데. 저녁은 나 혼자서 어떻게든 해결했을 텐데요. 와카미야 씨도 같이 가지 그랬어요."

"아니에요."

와카미야 씨가 살짝 손사래를 쳤다.

"마침 잘됐어요."

"마침?"

"나보다 가키자와가 더 빨리 회복되었거든요. 녀석은 보시다시피 튼튼하잖아요. 같은 병이어도 빨리 털고 일어났어요. 솔직히 나는 집에서 편하게 더 쉬고 싶었고요."

이제 막 회복된 사람, 더구나 남자에게 저녁 준비를 시키고 두 손 놓고 있을 수는 없었다. 바로 옷을 갈아입고 부엌으로 들어갔다.

물론 처음 있는 일이었다. 도시에서는 남자가 요리하는 게 유행이라고 하지만 이곳에서는 낯선 일이다.

그래도 즐거웠다. 손놀림이 익숙하지 않은 와카미야 씨에게 이것저것 가르쳐주기도 하고, 둘이서 간을 맞추기도 하고, 아주 즐거웠다. 와카미야 씨도 마찬가지인 것 같았다.

"요리는 과학이네요."

와카미야 씨가 심각한 얼굴로 말했다.

"맛과 맛, 재료와 재료가 어우러져서 전혀 예상치 못한 맛을 내는군요."

표정이 너무 진지해서 웃음이 나왔다.

"그런 거 생각하지 않아요."

"그래요?"

"그럼요. 그저 맛있는 걸 해주고 싶다고 생각하면서 만드는 것뿐이에요."

둘이서 밥상을 마주하고 밥을 먹었다. 조금 어색했지만 그날 밤은 웬일로 와카미야 씨가 말을 많이 했다. 나도 친가에서 있었던 일 등 이야깃거리가 있었기에 조금은 들떠 있었다. 이런 저런 이야기를 하며 함께 저녁을 먹었다.

즐거운 시간이었다. 둘만 있어서 집안이 약간 싸늘할 텐데도 어쩐지 가슴 속부터 따뜻해지는 느낌이었다.

"데루코 씨."

"네."

식사 후 내가 끓인 차를 한 모금 마신 와카미야 씨가 앉음새를 바로잡았다.

무슨 일인지 싶어서 나도 등을 곧게 폈다.

"실은 할 말이 있어요."

"뭔데요?"

와카미야 씨가 약간 인상을 쓰며 머뭇거렸다.

"얼마 전 가키자와가 털어놓았어요."

"뭘요?"

"데루코 씨를 연모한다고요."

나도 모르게 등을 꼿꼿이 세웠다. 놀란 가슴 위로 저절로 손이 올라갔다.

"데루코 씨가 돌아오면 그 마음을 전하겠다고요."

표정이 괴로워 보였다. 입술을 깨물고 있었다.

"그 말을 들었을 때 나는 가키자와에게 말하지 못했어요."

"뭘요?"

'예감'이라는 게 발휘된다면 바로 이럴 때일 것이다. 와카미야 씨가 다음에 무슨 말을 할지 이미 내 머릿속에 펼쳐지고 있었다.

"나도 데루코 씨, 당신을 연모한다고요. 아니, 그게 아니라."

고개를 들었다. 와카미야 씨는 내 얼굴을 똑바로 바라봤다.

"아내가 되어주었으면 합니다."

분명히, 분명히 내 눈이 이처럼 커진 적은 없었을 것이다. 아무 말도 나오지 않았다. 몸은커녕, 손가락 하나 꿈쩍하지 않는다.

"난 비겁한 놈이에요."

와카미야 씨가 말을 툭 내뱉고는 차를 거칠게 한 모금 마셨다.

"이렇게 가키자와가 없는 틈을 타서 데루코 씨에게 고백하기로 마음먹었어요. 그건, 그것은."

다시 고개를 숙였다.

"가키자와가 내게는 소중한 친구이기 때문입니다."

와카미야 씨는 염세적인 생각에 사로잡힌 자신을 가키자와 씨가 밖으로 끌어내줬다고 말했다. 그 친구가 없었다면 지금의 자신도 없다고.

"내 고백으로 그 친구가 마음을 접게 하고 싶지는 않았어요."

만약 자신이 먼저 마음을 고백했다면 가키자와는 네가 먼저라며 그대로 자취를 감췄을 것이라고, 친구인 그를 잃는 건 견딜 수 없다고 말하는 와카미야 씨.

"그렇다고 해서 가키자와의 고백을 받은 데루코 씨와 이대로 같이 지낼 수도 없습니다."

그렇다면 남은 방법은 단 하나.

"내가 사라지는 거죠."

사실은 엄마와 가키자와 씨를 식사하라고 내보내고, 그 틈에 사라질 생각이었다고 했다. 하지만 그때 내가 돌아온다는 전보가 도착한 것이다.

"편지를 남길까도 생각했지만 이 또한 모든 걸 아는 하늘의 뜻일지 모르겠다는 생각이 들었어요."

와카미야 씨는 함께 지내는 동안 내가 강하고 씩씩한 여자라는 걸 깨달았다고 덧붙였다.

"비겁한 놈이라면 끝까지 비겁해야겠다고 생각했어요."

"무슨 뜻이죠?"

"내 마음을 고백한 다음에 떠나야겠다고요."

와카미야 씨가 크게 숨을 내쉬었다.

"데루코 씨가 내 마음을 받아주든 가키자와를 택하든, 나는 이곳을 떠날 겁니다. 물론 데루코 씨가 나와 가키자와 둘 다 택하지 않을 수도 있겠지요. 어차피."

"어차피."

다시 등줄기를 곧게 폈다.

"이대로 있을 수는 없습니다. 그렇다고 바로 떠나면 두 사람이 많이 괴로워하겠지요. 그래서 내가 책임 지고 새 하숙집을 찾아서 이곳을 나갈 겁니다."

나는 그런 남자의 눈동자를 본 적이 없었다. 이것이 결심을 한 사람의 눈빛인가.

"가키자와는 분명히 며칠 내로 데루코 씨에게 고백하겠죠. 만약 데루코 씨가 그 마음을 받아들인다면 그걸로 됐어요. 나는 물러나기로 하고 구실을 붙여 이곳을 떠납니다. 받아들이지 못한다면 역시 그걸로 됐고요. 상심한 가키자와를 데리고 함께 이곳을 나갈 겁니다."

와카미야 씨가 나를 똑바로 바라보고 있었다.

"데루코 씨에게 괜한 부담을 드리는군요. 오늘 일은 가키자와에게는 아무 말도 말았으면 좋겠어요. 염치없는 부탁이라는 건 알고 있어요. 나같이 비겁한 놈과 엮인 탓이라고 한탄해주세요. 비난하고 싶으면 하세요."

와카미야 씨는 꼭 좀 부탁한다며 머리를 숙였다. 남자가, 그것도 와카미야 씨 같은 훌륭한 사람이 내게 머리를 숙이고 있다.

그때 분명히 알았다. 내 마음은 이미 오래전에 정해져 있다는 것을.

"와카미야 씨."

그가 고개를 들어 나를 바라봤다.

"내 마음은 어떡해야 할까요?"

"데루코 씨의… 마음이요?"

그래요. 내 마음이요.

"와카미야 씨는 내가 강한 여자라고 했지만. 그래요, 그럴지도 모르죠. 와카미야 씨가 가키자와 씨를, 친구를 생각하는 마음은 이해해요. 정말 훌륭해요. 나도 두 분의 우정이 영원하기를 바라요. 그렇기 때문에 이대로 입을 다물 수도 있을 거예요. 하지만, 하지만."

하지만.

"와카미야 씨는 머리도 좋은데 정작 중요한 건 모르는군요."

눈물이 흘러내렸다. 그럴 생각은 없었는데.

"와카미야 씨에 대한 내 감정, 내 마음은 어떡해야 하죠. 어디에 털어놓으면 될까요. 버리라는 건가요?"

와카미야 씨는 입술을 깨물었다. 내 입술은 떨리고 있었다. 그래도 이 말만은 반드시 해야 한다.

"그럴 수는 없어요."

정말 그럴 수는 없다. 이 마음, 당신에 대한 마음을 버리는 일, 지우는 일 따위는 하지 못한다.

침묵이 흘렀다.

"데루코 씨."

와카미야 씨가 무슨 말인가 하려고 했을 때 드르륵 하고 문이 열렸다.

"간단한데 왜 그러나."

목소리가 울렸다. 가키자와 씨의 목소리. 어스름해진 현관입구와 마루를 잇는 문 옆에서 가키자와 씨와 엄마의 모습이 보였다.

"너!"

"엄마!"

나와 와카미야 씨가 동시에 외쳤고, 그대로 굳어버렸다. 언제부터 그곳에 있었던 걸까. 와카미야 씨와 엄마가 미소를 짓고 있었다.

"네가 데루코 씨의 마음을 받아들이는 거야. 데루코 씨도 네 마음을 받아들이고. 그러면 만만세잖아. 뭘 고민하는 거지?"

가키자와 씨가 유쾌하게 말했다. 엄마도 크게 고개를 끄떡였다.

"무슨 소리를 하는 거지?"

와카미야 씨가 반쯤 일어서며 대꾸했다.

"넌 데루코 씨를—"

말을 하던 와카미야 씨의 표정이 갑자기 일그러졌다. 히죽거리는 가키자와 씨를 응시한다.

"설마."

"눈치가 빠르군."

어떻게 이런 일이.

$$\bullet\ \bullet\ \bullet$$

모두 엄마와 가키자와 씨가 꾸민 일이었다. 아니, 가키자와 씨가 엄마에게 먼저 이야기를 꺼냈다고 했다.

"아무래도 저 두 사람은 미적지근하니 답답해서 안 되겠어요, 내가 슬쩍 찔러볼 테니 두 사람만 있게 자리를 만들어보죠, 라고 하더라."

엄마가 웃었다.

"그게 이렇게 잘될 줄이야."

가키자와 씨가 능글맞게 웃었다. 와카미야 씨는 독기가 빠진 것처럼 얼빠진 표정을 하고 있었다.

나는 부끄러워서 어쩔 줄 몰랐다. 와카미야 씨에게 마음을 전한 건 그렇다 쳐도 가키자와 씨와 엄마까지 그 말을 들었으니.

"결과적으로 넌 나를 속인 거네."

와카미야 씨가 떨떠름한 표정으로 말했다. 가키자와 씨는 와카미야 씨의 어깨를 툭툭 쳤다.

"이제 너희는 장래를 약속하고 사다코 아주머니는 안심하고 이 하숙집은 평안하고 나도 기분이 좋고. 모두 행복해지는데 무슨 불만 있나?"

와카미야 씨가 풋 하고 웃음을 터뜨렸다.

"아니, 없어. 무슨 불만이 있겠나."

곧이어 커다란 웃음소리가 거실을 가득 메웠다.

우리는 와카미야 씨가 졸업하기를 기다렸다가 식을 올렸다.

따로 살림을 차린 뒤에도 가키자와 씨는 한동안 그대로 하숙을 계속했다. 그리고 우리가 그 집을 방문할 때마다 함께 즐거운 시간을 보냈다.

그 뒤, 사업가가 된 가키자와 씨가 해외로 나가서 한동안 소원해지기는 했지만, 두 사람은 언제까지나 친구로 남아 있었다.

내게도 아주 행복한 일이었다.

그런 꿈을 꾼 것 같다.

들립니까?

"네."

저를 알겠습니까?

"알아요. 바쿠 씨죠?"

기억이 났습니까? 제가 누군지.

"네, 알아요."

소중한 걸 되찾기 위해 인생을 다시 살았던 일도요?

"생각났어요. 모두 다요."

전반적으로 근사한 인생을 보냈고 바라던 걸 이룬 것 같은데 어떻습니까?

"그래요. 그런 거 같아요. 행복했어요."

한 가지 물어봐도 될까요?

"뭔데요?"

이번 인생에서 당신이 되찾고 싶었던 게 뭔가요?

"모르시겠어요?"

네.

"아시는 줄 알았어요."

저는 전지전능한 신이 아닙니다. 모르는 일도 많답니다.

"저는 가키자와 씨를 잃고 싶지 않았어요."

가키자와 씨를요?

"저번 생에서 가키자와 씨는 자살을 했어요. 지금도 그 이유는 모르겠어요. 가키자와 씨가 자살을 했기 때문에 남편 와카미야 는 한층 우울해졌고, 세상을 등진 사람처럼 되었어요."

그랬군요.

"저는 남편과 가키자와 씨가 언제까지나 친구이기를 바랐어요. 기나긴 인생을 함께 살아가는 친구이기를 바랐죠."

그러면 이번 생 어디에서 그걸 이룬 겁니까? 가키자와 씨를 잃지 않는 선택을 어디서 하신 거죠?

"그건 저도 모르겠어요. 저번 인생에서는 가키자와 씨가 저와 남편을 위해 일을 꾸미지는 않았어요. 그래서 어쩌면."

당신이 와카미야 씨를 좋아한다는 마음이 알게 모르게 가키자와 씨에게 전해졌는지도 모르겠군요. 그래서 가키자와 씨가 그런 일을 꾸미게 됐고, 그것이 인생을 살아가는 활력소가 되었는지도 모르겠습니다.

"그럴지도 모르죠."

그럼 이만 가보겠습니다.

"이제 헤어지는 거예요?"

네. 아쉽지만.

"저기요."

네?

"당신에 대해 잘 모르겠어요. 보이지 않아요. 느낄 수는 있는데, 얼굴은 어떤지, 모습은 어떤지, 남자인지, 여자인지 모르겠어요."

저는 그런 존재입니다.

"그런 존재로군요."

그렇습니다.

"죄송해요. 실례했네요."

아닙니다.

"이제 우리는 헤어지는 건가요?"

그렇습니다.

"저기."

네.

"정말 고마워요."

저야말로 고마웠습니다.

"안녕히 가세요."

안녕히 계세요.

그럼 이만.

끝났군요.

네. 끝났어요.

그럭저럭 당신이 바라던 대로 된 것 같습니다만.

네, 아주 만족했어요.

다행입니다. 그럼 이제 그만.

저기.

왜 그러시죠?

이제 와서 말인데 가키자와 씨에게 미안해지네요.

그렇게 생각합니까?

네. 나 같은 나이 많은 과부에게 농락 당하고, 데루코에 대한 자기 마음은 놓쳐버리고.

그렇더라도 와카미야 씨와 데루코 씨를 맺어주려고 생각한 사람은 가키자와 씨입니다.

그렇긴 하지만.

이제 와서 당신이 고민할 필요는 없습니다. 분명히 그는 인생을 계속 살았고, 그 두 사람과 오랫동안 우정을 나누었으니까요.

그렇죠.

남자로서 말한다면.

네.

젊은 시절 연상의 여자와 나눈 불장난은 인생의 양식이 되는 법이지요.

그건 남자들이 멋대로 만든 논리예요.

그렇죠. 실례했습니다. 이제는 정말 가봐야 할 시간입니다.

네, 고마웠어요.

사다코 씨.

네.

부디 편히 눈 감으십시오. 분명히 모두들 행복해했으니까요.

그렇지요.

안녕히 계세요. 그럼 이만

네, 안녕히 가세요.

저는 추억을 먹습니다.

선한 사람의 추억을 갖는 대신 다른 인생을 만듭니다.

마지막으로 눈을 감을 때, 행복한 꿈을 꾸게 됩니다.

무엇을 바랄지는 자유입니다. 어떤 것이든지.

당신이 그걸 바란다면.

끝에서 두 번째 사랑

들립니까?

들리면 소리 내서 대답해주십시오.

"네."

유감스럽지만, 이제 곧 당신은 생을 마감하게 됩니다.

"누구, 예요?"

이름은 없습니다. 그냥 바쿠라고 불러주십시오.

"바쿠라면, 악몽을 먹는다는 그 바쿠예요?"

비슷하지만 저는 꿈은 먹지 않습니다. 당신의 지난 인생의 '추억'을 먹습니다.

"추억을요?"

비유입니다. 그런 비슷한 걸 먹는다는 겁니다.

"추억이 없어지는 건가요?"

모두 없어지는 건 아닙니다. 하지만 인간은 죽으면 모든 게 사라집니다. 그 전에 추억이 조금 없어졌다 해도 아무 지장이 없다고 생각합니다만.

"그래도 추억이 먹힌다니, 그건 싫어요."

물론 그러시겠죠. 그 마음 충분히 이해합니다. 그래서 저는 꼭 그 대신은 아니지만, 당신에게 다른 인생을 하나 더 드릴 수 있습니다.

"다른 인생이요?"

만약 당신의 '추억'을 주신다면 저는 당신 생명의 등불을 다시 한 번 켜드립니다.

"생명을요?"

인생을 다시 살 수 있습니다. 자신이 죽은 사실을 깨닫지 못하고, 물론 저와 이렇게 거래한 사실조차 잊고, 다시 한 번 다른 인생을 살아갈 수 있습니다.

"다시 태어나는 거예요?"

좀 다릅니다.

"어떻게 다른 거죠?"

혹시 다시 하고 싶은 '사랑'이 있습니까?

"사랑이요?"

아마 당신은 그동안 살면서 몇 차례 '사랑'을 경험했을 것입니다. 눈을 감기 전 당신의 가슴속을 차지하고 있는 게 생의 마지막 사랑이라면 이전의 사랑은 모두 깨졌거나 이미 끝이 난 거겠죠. 그중 하나를 골라서 다시 시작할 수 있습니다. 다시 말해, 어떤 사랑을 이루지 못했다면 이룰 수 있는 상황으로 돌아가게 되고, 깨진 사랑이라면 깨진 원인을 제거한 상태로 돌아가 인생을 다시 살게 됩니다.

"사랑이 이루어지는 거예요?"

네.

"반드시요?"

한 번은 됩니다.

"그런 게 가능해요?"

저라면 가능합니다.

"그러면 이루지 못한 그 사랑의 이전 '추억'은 모두 당신이 갖는 거예요?"

그렇습니다. 이해력이 정말 탁월하시군요.

단지 다시 한 사랑이 마지막에 어떤 결말을 맺을지는 보장하지 못합니다. 한 번은 다시 시작할 수 있지만, 살아가다 다시 문제가 생겨서 깨질지도 모릅니다.

그리고 당신이 그 인생에서 다시 죽음을 맞을 때 저를 포함해서 모든 게 떠오릅니다. 그렇기 때문에 그 사랑을 선택한 걸 후회할 수도 있습니다. 어떻게 될지는 저도 모릅니다.

"사랑은 이루지만 나머지는 다른 것들과 마찬가지로 운과 노력 여하에 달린 거네요."

맞습니다. 물론 이 제안을 받아들이지 않아도 상관없습니다. 그렇다면 이대로 주어진 수명, 비록 얼마 안 남았지만, 그 수명을 다하게 됩니다.

"그렇군요."

어떻습니까?

"부탁해요. 그 사랑을 이루고 싶어요."

벌써 선택하셨습니까?

"네."

언제, 어떤 사랑인가요?

"꼭 말해야 하나요?"

그런 건 아닙니다. 구체적으로 말할 필요는 없습니다. 단지 그 사랑을 이루고 싶다고 바라기만 하면 다시 시작할 수 있습니다.

"그래도 말로 표현해야 한다면."

네.

"끝에서 두 번째 사랑이에요."

"고토미라는 이름이 진부하다는 말 1년에 한 번씩, 생일쯤에는 항상 했어."

"그랬나?"

침대 위에서 고토미가 재미있다는 듯 그렇지만 아주 희미하게 미소를 지어 보였다.

둘이 나란히 서서 고토미를 "엄마예요"라고 소개하면 모두들 눈이 휘둥그레진다. 비슷한 또래 같다면서 말이다. 사실 그랬다. 하지만 사람들의 반응이 재미있고 그렇게 소개하는 게 즐거워서 덕분에 성격까지 사교적으로 변했다.

그런 식으로 나와 고토미는 많이 달라졌다.

고토미.

내 인생에서 가장 친한 친구.

그리고 내 엄마.

이 사람을 잃는다는 건 아직 생각할 수 없다. 믿을 수 없다. 침대에 누운 환자에게 흔히들 건네는 빨리 나아, 라는 당연한 말도 이미 죽음을 각오한 고토미에게는 더 이상 하지 못한다.

"시간."

"응?"

"괜찮아? 애들 말이야."

"이제 고등학생이잖아. 엄마가 없는 게 편해서 더 좋아해."

"그런가."

"그럼. 네가 고등학생일 때를 생각해봐."

고토미가 고개를 끄덕이며 미소 지었다. 내 아이들, 겐타와 아야나는 자기들의 할머니가 엄마와 같은 나이라는 게 재미있었던 모양이다. 그래서였는지 어릴 적에는 친구들에게 자랑도 많이 하고 다녔다. 자랑할 일은 아니지만.

그러나 이제는 많은 걸 이해하고 어떤 의미에서는 존경하고 있다.

· · ·

그녀를 처음 만난 건 초등학교 5학년 때였다. 개학날 옆자리에 앉은 사람이 바로 고토미였다.

낯은 익었지만 한 번도 같은 반이 된 적은 없었다. 그래서 대화를 나눈 적도 없었다. 둘 다 약간 내성적인 성격이라서 서로 쳐다보며 살짝 웃고는 필통 귀엽네, 라든가 책상이 새 거야, 등 한두 마디 건넨 기억이 전부다.

새 담임인 와카쓰키 선생님이 한 사람씩 자기소개를 시켰다. 앞자리부터 시작되었다.

이름, 상급생으로서 하고 싶은 일, 목표를 발표했다.

"미우라 고토미라고 해요."

고토미의 목소리를 들으며 참 좋다, 고 생각했다. 목소리가 아주 듣기 편했다.

"거문고를 배우고 싶어요. 한자로 쓰면 이름에 거문고 '금' 자가 들어 있거든요."

수줍게 미소 짓고는 이제 네 차례라는 눈빛으로 쳐다봤던 일을 기억한다.

"후지카와 마리에예요. 저도 거문고를 배우고 싶어요."

전혀 생각지 않았던 말이 튀어나왔다. 고토미와 함께 있고 싶었기 때문이 아닐까. 친해지고 싶었던 것이다.

학교에 거문고를 배울 수 있는 특별반이 있었다. 사친회나 동네 할머니, 할아버지가 오셔서 이것저것 가르쳐주시는 것이다. 하지만 거문고가 몇 대 없었기 때문에 상급생인 5, 6학년만 배울수 있었다. 사실 배우고 싶다는 여자아이들도 별로 없긴 했다.

"거문고 켜본 적 있어?"

"아니."

쉬는 시간에 물었더니 고토미가 수줍게 대답했다.

"켜본 적은 없지만, 할머니 집에 있었거든."

"앗, 나도 할머니가 가지고 계셨어."

"참 근사하지?"

우리는 조금씩 친해졌다. 둘이서 나란히 앉았고, 함께 거문고 반에 들어갔다. 집이 정반대 방향에 있었기 때문에 언제나 교문에서 헤어졌다.

거문고는 결국 내 적성에 맞았나 보다. 실력이 점점 늘었고 어른이 되어서도 계속하게 됐다. 고토미는 중학교에 들어가면서부터 이미 흥미를 잃었다.

나는 그해 여름방학 동안 고토미와 함께 지냈다.

바닷가 마을에 있는 할머니 집 앞에는 작은 해수욕장이 펼쳐져 있었다. 나는 매년 방학마다 할머니 집에서 며칠씩 지내곤 했다. 그 무렵 나와 고토미는 서로의 집에서 자고 갈 정도로 완전히 친밀해져 있었다.

"사촌들도 있어서 아주 시끌벅적해."

"사촌? 여자애야?"

"아니, 남자애."

고토미가 약간 걱정스럽다는 표정을 지었다. 나는 허둥지둥 덧붙였다.

"아아, 괜찮아. 아주 착한 오빠와 귀여운 동생이야. 전혀 걱정 안 해도 돼. 교이치 오빠는 올해 중학교에 들어갔고, 료이치는 4 학년이야. 정말, 정말로 괜찮아. 둘 다 아주 친절하고 착하거든."

나와 고토미는 거칠고 짓궂은 남자애들을 싫어했다. 고토미가 안심하는 듯하면서도 역시 조금 불안한 표정으로 고개를 끄떡였다.

할머니 집으로 향하는 날. 엄마를 따라 우리 집에 온 고토미는 역시 좀 불안해 보였다. 하지만 나는 기뻤다. 아주 많이 좋아하는 할머니 집에서 아주 많이 좋아하는 고토미와 함께 지낼 수 있었으니까.

"얼마나 멋있는데. 산 속에 집이 있어."

"산? 바다가 아니고?"

"바다지만 산이야."

내가 자동차 안에서 설명했다. 아빠와 엄마는 웃고 계셨다.

"실제로 보지 않으면 이해가 안 될 거야."

아빠가 덧붙이고는 산 중턱에 집이 있단다, 라고 가르쳐주셨다.

"그리고 바다 바로 근처가 또 산이지."

할머니 집에 가려면 먼저 해안가 도로를 계속 달려 작은 항구를 빠져나가야 한다. 그러면 어느 순간 작고 후미진 해안이 나타나고, 그 정면에는 산이 떡 버티고 서 있다. 산의 경사면에 집들이 달라붙은 듯 서 있다. 그중 하나가 할머니 집이다.

"숲속에서 곤충을 잡을 수도 있고 꽃도 꺾을 수 있단다. 그리고 바다에서 놀아도 되지. 고토미도 틀림없이 마음에 들 거야."

아빠의 말에 고토미가 웃는 얼굴로 크게 고개를 끄떡였다.

두 시간을 달리자 할머니 집에 도착했다. 예전에는 교이치 오빠와 료이치가 집에서 뛰어나와 맞아주었는데, 그해는 좀 달랐다. 교이치 오빠는 이제 중학생이 됐다고 뛰어나오지 않았고, 료이치는 내가 고토미와 함께 있는 모습을 보고 눈을 휘둥그렇게 떴다.

"학교 친구야. 이름은 고토미. 사이좋게 지내줘."

료이치는 약간 수줍어했지만 방긋 웃으며 고개를 끄떡였다. 교이치 오빠는 나중에 나와서 어서 오라며 좀 어른스러운 말투로 인사했던 게 기억난다.

유독 그해를 기억하는 것은 단순히 고토미를 데리고 갔기 때문은 아니다. 나는 그곳에서 고토미를 잃을 뻔했다. 고토미가 바다에 빠졌다는 걸 가장 먼저 알아챈 사람은 내가 아니라 아빠와 교이치 오빠였다. 나는 전혀 몰랐다. 하마터면 소중한 친구를 잃을 뻔했는데도.

고토미의 설명에 의하면 신나게 노는 사이 튜브가 앞바다로 떠내려갔단다. 그걸 쫓아서 가슴 정도 깊이까지 들어갔는데 발이 바닥에 닿아서 안심했다고. 하지만 땅에 구멍이라도 뚫려 있었는지 갑자기 발이 쑥 빠졌다고 했다.

곧바로 패닉상태가 찾아왔다.

나는 고개를 돌려 고토미를 찾았다. 시선이 닿는 곳에 고토미와 뒷모습이 비슷한 여자아이가 튜브를 끼고 둥둥 떠 있었다. 나는 안심하고 모래사장 쪽으로 돌아가려고 했다.

바다에는 사람들이 많았고, 고토미가 물에 빠진 순간을 본 사람은 없었다.

물에 빠지기 직전의 모습을 확인한 사람은 교이치 오빠와 아빠였다. 하지만 오빠와 아빠가 잠깐 다른 곳에 눈을 돌렸다가 다시 돌아봤을 때 고토미는 어디에도 없었다. 튜브만이 저 멀리 두둥실 떠 있었을 뿐.

교이치 오빠와 아빠는 직감적으로 무슨 일이 일어났음을 알아챘다. 바닷가에서 태어나고 자란 두 사람은 수영을 아주 잘했다. 파도에 휩쓸리지 않고 곧장 먼 바다 쪽으로 나아갔다. 고토미는 그곳에서 허우적대고 있었다.

교이치 오빠가 고토미의 몸을 끌어올렸다. 아빠가 고토미를 건네받아 안았다.

교이치 오빠의 몸이 갑자기 바다 속에서 솟아오르고, 그 몸에 매달려 있는 새파랗게 질린 고토미를 봤을 때는 정말 온몸의 핏기가 싹 가셨다.

다행히 고토미는 의식을 잃지 않았다. 줄곧 아빠에게 매달려 있었다. 모래사장에 눕히려고 했지만, 고토미는 충격이 컸던지

떨어지려 하지 않았다.

"이대로 집으로 데리고 가마."

괜찮아, 좀 놀랐을 뿐이야, 이렇게 말하는 아빠의 등 뒤에서 고토미도 고개를 끄떡했다. 약간 마음이 놓였다. 같이 가겠다고 하는 걸 고토미가 말렸다.

"괜찮아. 좀 쉬었다가 금방 올게. 료이치, 교이치 오빠와 함께 있어."

사람들에게 폐 끼치기 싫어한다는 걸 알아채고 고개를 끄떡였다.

교이치 오빠는 집에 있는 할머니와 엄마에게 상황을 알리기 위해 먼저 집으로 뛰어갔다. 나는 아빠의 등 뒤에서 계속 떨고 있는 고토미를 조용히 배웅했다.

그 후로 고토미와 나는 매년마다 할머니 집에서 함께 여름을 보냈다. 하지만 고등학교에 들어간 뒤로는 생활이 너무 바빠져서 그 연례행사도 끝이 났다. 그래도 고토미는 매년 여름방학과 연말에 교이치 오빠와 료이치에게 엽서를 보냈다.

교이치 오빠가 대학에 진학하고 도쿄로 나왔을 때 고토미와 데이트를 하기도 했다. 오빠는 고토미를 꽤 마음에 들어 했다. 고토미도 싫어하지는 않았다. 하지만 애인으로 발전하기 직전에 두 사람의 관계는 끝나버렸다.

두 사람 모두 그런 관계가 되는 건 무언가 좀 아니라고 느꼈던 것 같다. 하지만 좋은 관계는 그대로 유지하며, 지금도 사이좋은 친구로 지내고 있다.

• • •

"어제 전화 왔어. 교이치 오빠한테서."

"어머, 잘 지낸대?"

"응."

지금은 두 아이의 아빠가 되었다. 당시의 교이치 오빠를 빼닮은 아들은 아직 중학생이다. 그런데 건방져져서 골치 아프단다.

"문병 온대."

"응. 그러고 보면."

"응?"

"료이치가 고백한 적 있어."

"뭐라고!"

충격 고백! 이라며 함께 웃었다. 전혀 몰랐던 사실이다.

"언제?"

"중학교 때."

"전혀 몰랐어."

료이치도 같이 문병 온다고 했었다.

"추궁해볼까. 형한테 맞서려고 했냐고."

그러지 말라고 하면서도 고토미는 재미있다는 듯 중얼거렸다.

"그래도 이제 마지막이니 좋은 추억이 될지도 모르겠다."

나도 고개를 끄덕였다.

고토미는 이렇게 나누는 한마디 한마디와 모든 추억들이 마지막이라는 걸 숨기지 말자고 했다. 죽는 건 무섭고 싫지만 받아들이고 싶다고, 받아들이려면 항상 그것을 의식하고 있어야 한다고, 그러고 싶다고 했다.

이렇게 강한 사람이었나. 물론 20년 전에도 한 번 느낀 적이 있었다. 하지만 새삼 다시 느꼈다.

내 옆에서 항상 수줍게 미소 짓던 고토미는 이토록 강한 여자였다는 걸.

• • •

우리는 중학교도 같이 다녔다. 고등학교도 같은 곳에 원서를 넣었고, 둘 다 멋지게 합격했다. 합격자가 발표되는 날, 우리는 두 손을 맞잡고 "붙었다, 붙었어"라며 펄쩍펄쩍 뛰었다.

"3년 동안 또 함께 있을 수 있어."

둘 다 눈물을 흘리며 기뻐했다.

무엇이 우리 두 사람을 그토록 강하게 묶어주었는지 아직도 모르겠다. 초등학교 시절에는 성격이 비슷하다고 생각했지만, 중학교와 고등학교를 다니면서 확연히 다르다는 걸 깨달았다.

고토미는 성장하면서 이름 그대로 우아하고 고풍적인 분위기를 풍겼다. 단정치 못하면 남자든 여자든 싫어했다. 예를 들어, 머리를 물들이거나 귀를 뚫거나 화장을 화려하게 하는 등 또래 여자들이라면 당연히 하고 다닐 일도 때와 장소를 가리지 않으면 불같이 화를 냈다.

전철 안에서도 반드시 나이든 어른에게 자리를 양보했다. 약간 떨어진 곳에 서 있더라도 그곳까지 걸어가서 "저기 앉으세요"라고 말했다.

그래서 고토미를 싫어하는 친구들도 있었다. 고리타분해, 라고 하거나 쟤 왜 저래, 라고 수군거렸다. 하긴 잔소리 많은 시어머니 같을 때도 있었다. 하지만 고토미를 험담하는 친구들은 나도 무시했다. 내 눈에는 그들이야말로 아주 시시한 인간들처럼 보였으니까.

나는 고토미가 옆에 있어서 올바르게 자랐는지도 모른다. 올곧은 사람이 곁에 있으니까 은연중에 나도 따라 배운 게 아닐까.

고토미와 나는 다툰 적이 없었다. 고등학교 3학년 가을에 있었던 그 사건을 빼놓고는.

당시 내가 사귀던 아이카와 때문이었다.

동급생인 아이카와는 축구부 주장이었다. 우리 학교 축구부는 별 볼 일 없었지만 당시에는 즐겁게 하면 된다는 사람들이 많아서 글자 그대로 그저 흥에 겨워 활동하면 그만이었다.

그래도 아이카와는 주장이었고 스타일도 좋고 얼굴도 잘생겨서 여학생들 사이에서 절대적인 인기를 얻고 있었다. 나는 못생기지도 않았지만 눈에 띄지도 않는 아주 평범한 여학생이었다. 아이카와를 따라다니는 여자아이들 중 한 명도 아니었다.

특별활동도 운동부가 아니라 꽃꽂이부였다. 아무런 접점이 없었다.

왜 아이카와가 내게 눈길을 줬는지 지금도 모르겠다. 그래서 고등학교 2학년 여름, 사귀자는 말을 들었을 때 나도 모르게 이렇게 말해버렸다.

"왜?"

"사귀자"는 말을 들은 여학생이 할 소리는 아니라는 데 생각이 미치자 나중에는 엄청 창피해졌다.

고토미는 아주 많이 기뻐했다. 학교에서 잘생기기로 1, 2위를 다투는 남학생인데다, 잘은 모르지만 성격도 좋아 보인다면서 진심으로 축하해줬다. 나도 물론 싫지는 않았다. 그렇다고 특별히 좋지도 않았다. 그런 마음으로 나는 아이카와와 사귀었다.

그러나 시간이 흐르면서 어쩐지 이대로 아이카와를 계속 만나게 될 것만 같다고 생각했다. 사귄 지 1년이 지났고 고등학교 3학년 여름에는 그렇고 그런 관계로 발전했다. 아이카와는 자상했고 불만은 없었다.

하지만 고3 가을에 예상하지 못했던 일이 벌어졌다. 교통사고였다.

우리 엄마는 낯선 남자가 운전하는 자동차의 조수석에서 돌아가셨다.

신문에서 기사를 읽은 사람들은 단순한 사고로만 생각했을 것이다. 동급생들도 단지 아는 사람의 차를 타고 가다가 사고를 당하신 거라고 생각하고, 큰일 겪었구나, 상심이 크겠구나, 라며 위로했다.

하지만 아니었다. 나와 아빠는 사고로 함께 죽은 그 남자가 도대체 누구인지 알지 못했다. 장례식 때 그 남자의 부모님이 왔지만 역시 두 사람의 관계를 알아내지 못했다. 아빠와 나 둘 다 가슴속의 분노를 어디에 풀어야 할지 몰라서 허둥거리기만 했다.

그 여자는 바람을 피웠다. 남에게 말 못할 방법으로 남자를 알았고, 끝내 그 상대와 사고로 죽었다.

그런 소문이 떠돌아도 어쩔 수 없는 일이었다.

아이카와와도 조금씩 멀어졌다.

"하는 수 없잖아."

"뭐가."

"멋대로 바람피우다가 멋대로 죽어버린 여자의 딸과 사귀는 건 당치 않다고 하셨대. 물론 부모라면 거의 그렇게 말씀하시겠지."

"그런 식으로 말하지 마!"

고토미가 화를 냈다.

"아무 증거도 없잖아. 왜 그렇게 생각하는 거야!"

"그렇지만."

그렇지만이 아니야, 라고 말하는 고토미의 눈은 촉촉히 젖어 있었다.

"자기 엄마를 믿고 아빠를 믿어야지. 그리고 만약 그게 사실이었다고 해도 그런 일로 멀어지는 남자한테 하는 수 없다는 말 같은 건 하지 마."

화를 내란 말이야, 라며 고토미가 말을 이었다.

"부모와 나는 다른 사람이라고 해. 나를 믿지 않고, 그런 소문과 부모님 말씀 때문에 헤어지는 남자친구는 필요 없다고 말해. 화를 내라고!"

반박할 말이 없었다. 그 말이 맞았다. 어떠한 일이 있더라도 엄마를 믿지 못하면 끝인 거다. 나 자신이 부끄러워졌다.

"미안해."

그러자 고토미는 내가 미안해, 라며 나를 안아주었다. 나도 고토미를 꽉 껴안았다. 초등학교 시절에 자주 그랬던 것처럼.

그 뒤로 고토미는 우리 집에 더 자주 들렀다. 엄마가 돌아가신 후 집안일을 떠맡은 나를 도와주기 위해서였다.

고토미는 집안일에 아주 능숙했다. 요리와 세탁, 청소 등. 보고 있으면 정말 좋은 아내가 될 거라는 생각이 절로 들었다.

"항상 미안해요."

아빠는 퇴근했을 때 고토미가 집에 있으면 머리 숙여 인사했다. 초등학교 때부터 알았으면서 높임말을 썼다. 성실한 분이셨다. 내세울 거라고는 성실함 하나라서 고등학교 때는 재미없는 사람이라고 생각했다.

"그렇지 않아."

고토미는 내 생각을 부정했다.

"재미없으신 게 아니라 당연한 거야."

"당연하다고?"

고토미는 빙긋 웃으며 고개를 끄떡였다.

"열심히 일하시고 마리에를 잘 키우셨어. 그렇게 하는 게 당연한 건데, 평범하다 보니 재미없어 보이는 건지도 몰라."

당연한 걸 평범하게 할 수 있는 게 가장 중요한 거라고 했다. 그때는 그런가? 하면서 고개를 갸우뚱거렸다. 단지 그런 생각을 하는 고토미는 분명히 나보다 어른이라고 생각하면서.

고토미와 나, 아빠 셋이서 식사를 하는 일도 잦아졌다. 고토미의 부모님은 다른 자식이 셋이나 더 있으니 우리 애가 도움이 되었으면 좋겠어요, 라며 웃었다. 한 명쯤 없더라도 저희는 전혀 달라지지 않거든요, 라고 하면서.

하지만 설마 그 딸이, 그 고토미가 우리 아빠와 결혼하리라는 건 상상도 못했을 것이다.

전문대를 졸업한 날 밤에 고토미가 중요하게 의논할 일이 있다면서 나를 불러냈다. 무슨 일인가 의아했다. 고토미의 표정은 아주 심각했다.

"큰 충격을 받을지도 몰라."

"뭔데 그래?"

"먼저 마음의 준비를 할래?"

그런 식의 농담을 할 친구가 아니었기에 나도 보통일이 아니라고 생각했다. 순간적으로 최악의 상황을 상상하며 고개를 끄떡였다.

"알았어. 말해."

무슨 일이 있었는지는 모르지만 설령 무슨 일이 있더라도 고토미 편을 들어야 한다. 나는 마음의 준비를 단단히 했다.

하지만 고토미의 입에서는 전혀 예상 밖의 말이 툭 튀어나왔다.

"네 엄마가 되도 될까?"

"뭐?"

"아저씨, 네 아빠의 아내가 되도 될까?"

농담 같지 않아서, 아니 농담이 아니기에 도대체 무슨 말인가 싶어서 혼란스러웠다. 그런 나를 보고 고토미는 몇 번이고 사과를 했다.

"…사과는 안 해도 돼."

"응."

"대체 무슨 소리야?"

"응."

"무슨 말이냐고. 결혼을 하겠다는 거야?"

"그래."

"누가?"

"나랑 아빠가."

"아빠라니, 누구?"

"네 아빠, 미노루 씨."

인생에서 그 이상 혼란스러운 일은 없을 것이다. 내 안에서 아빠는 아빠일 뿐 남자가 아니었다. 결혼은 남자와 하는 일이기에 고토미가 무슨 말을 하는지 전혀 이해할 수 없었다.

"왜?"

"왜냐고 물어도."

고토미는 허둥거렸다.

"아빠는 성실하시긴 해. 하지만 벌써 마흔다섯이야. 너보다 스무 살 이상 나이가 많아."

"사랑에 나이가 무슨 상관이냐고 항상 말하잖아."

"굳이 우리 아빠를 택하지 않더라도 남자는 얼마든지 있잖아!"

"역시 안 돼?"

"아니, 안 된다기보다는, 그래도."

그 일로 고민하기에 앞서 도저히 납득이 가지 않았다. 하지만 결국에는 있을 수도 있는 일이라고 받아들이며 두 사람의 결혼을 인정했다.

내게 문제될 건 없었다. 고토미와 가족이 되는 것도 함께 사는 것도 기뻤다. 매일 고토미가 만든 음식을 먹을 수 있다는 것은 거의 행운에 가까웠다. 하지만 왜 고토미가 우리 아빠를 선택했는지는 알 수 없었다. 그것은 결국 수수께끼로 남았다.

오랜 시간이 흐르자 그런 감정도 희미해졌다. 보기 좋은 부부라는 생각도 하게 되었다. 물론 고토미의 부모님은 완강하게 반대하셨다. 그래도 고토미는 강한 의지로 이겨냈다. 고토미는 예전부터 강한 여자였다. 아주 많이.

아빠도 행복하셨을 것이다. 고토미라는 좋은 반려자를 얻고 행복한 인생을 보내다가 눈을 감으셨으니까.

하늘에서 두 사람은 다시 부부가 될까.

• • •

"언제부터 생각했던 거야?"

"뭘?"

고토미는 수줍게 웃었다.

"뭐 어때. 벌써 20년이나 지난 일인데."

"몇 번이나 말했잖아."

"말 안 했어. 항상 얼버무리며 넘어갔잖아."

그랬나? 라며 또 미소 짓는다.

스무 살 넘게 나이가 많은 더구나 친구 아버지와 결혼하기로 결심한 건 도대체 언제부터였을까. 우리 아빠와 결혼해서 내 엄마가 되겠다는 엉뚱한 결심을 한 건 언제였을까.

"아주 오래전부터."

"오래전이 언젠데?"

글쎄, 라며 베개 위의 머리를 약간 옆으로 돌린다.

"처음 만났을 때부터."

"처음이라면, 초등학교 때잖아."

내 말에 고토미는 고개를 끄떡했다.

"정말?"

"정말이야."

물론 결혼은 고등학교를 졸업한 다음에 생각하기 시작했지만, 이라고 고토미는 말을 이었다.

"함께 있고 싶다고, 같은 집에서 살고 싶다고 생각한 건 정말로 초등학생 때였어."

"처음 알았어."

"처음 말했으니까."

그렇게 조용히, 아주 조용히 고토미는 죽음을 맞이했다. 잠을 자는 것처럼 내 눈앞에서 숨을 거두었다. 딸이면서 평생 가장 친한 친구였던 내가 지켜보고 있어서 정말로 행복하다며 마지막에 중얼거렸다.

나는 엉엉 울었다. 온몸의 수분이 모조리 빠져나갈 것처럼.

울면서, 나도 이렇게 죽고 싶다고 생각했다.

울면서, 다시 어디선가 꼭 만나고 싶다고 바랐다.

들립니까?

"바쿠?"

그렇습니다.

"오랜만에 만나는 거 같지 않네요."

그럴지도 모릅니다. 실로 화살처럼 지나간 시간이랄까요.

"그래요. 아주 진부한 말을 알고 있네요."

다시 한 번 같은 말을 해야 한다는 게 괴롭지만, 당신은 곧 죽음을 맞게 됩니다.

"네, 알아요."

저를 만나고 추억을 잃는 대신 사랑을 다시 찾은 게 기억났습니까?

"네, 전부 다요."

처음 인생보다 20년 정도 짧아졌군요.

"그렇네요."

후회합니까?

"아뇨. 젊은 나이에 죽는 건 싫지만 그래도 괜찮아요. 후회하지 않아요."

참으로 다행입니다. 미노루 씨가 먼저 세상을 뜨게 되어서 사랑이 결실을 맺은 걸 후회하지 않을지 염려했습니다만.

"미노루 씨요?"

네.

"바쿠."

왜 그러시죠?

"당신은 전지전능한 신은 아닌가 봐요."

네, 아닙니다.

"모르는 일도 많은가 봐요."

맞습니다. 오히려 신보다 인간에 가까운 존재일 겁니다. 그런데 그런 건 왜 묻는 거죠?

"미노루 씨가 끝에서 두 번째 사랑이라고 생각한 거죠?"

아닌가요?

"아니에요."

그러면 당신의 사랑은 누구였습니까?

"마리에예요."

마리에 씨요? 당신 친구이자 미노루 씨의 딸이었던 마리에 씨 말인가요?

"네. 이상한가요?"

아닙니다. 사랑은 모두 같으니까요.

그러면 마리에 씨가 당신의 끝에서 두 번째 사랑이었다는 겁니까?

"그래요. 처음 만났을 때부터 마리에를 사랑했어요."

그러면 마리에 씨의 아버지 미노루 씨와는 왜 결혼한 것이죠?

"이루지 못할 사랑이라는 걸 알았으니까요. 그러니 평생의 친구이자 엄마로, 가족으로 살았던 일이 내게는 사랑을 이룬 거나 마찬가지예요."

그랬군요.

"물론 미노루 씨를 좋아했어요. 싫은 사람과는 결혼 못하죠. 마리에의 아버지면서 멋진 남자이기도 했으니까요."

이해합니다.

"한 가지 물어도 될까요?"

그러시죠.

"이번 인생에서 마리에의 엄마가 돌아가신 건 내가 이 사랑이 이루어지기를 바랐기 때문인가요?"

그건 저도 모릅니다. 단지 그것도 운명이라고 생각하는 게 좋겠군요. 이제와 그런 생각을 하는 건 아무 의미가 없습니다.

"그렇죠. 그렇게 생각할게요."

이제 헤어져야 하는데, 저도 몇 가지 물어봐도 되겠습니까?

"그러세요."

만약 미노루 씨가 마리에 씨의 아버지가 아니었다면요?

"잘은 모르겠지만, 다른, 조금 나이 차이가 덜 나는 사람을 택했을 가능성이 높겠죠."

미노루 씨를 만나더라도 그 말은 비밀로 하죠.

"그렇게 해주세요."

다른 질문입니다.

"네."

마리에 씨와 초등학교 때 만났는데, 어째서 끝에서 두 번째 사랑이라고 하신 거죠?

"그래요. 마리에는 제 첫사랑이었어요."

몰랐습니다.

"뭘요?"

끝에서 두 번째 사랑도 첫사랑일 수 있다는 걸요.

"첫사랑은 이루지 못한다고들 하잖아요."

그런데 다행히 이루셨군요.

"네, 다행이에요."

그럼 이만 가보겠습니다.

"저기."

왜 그러시죠?

"아무리 해도 당신 모습이 잘 보이지 않는데 왜 그런 거죠?"

이유는 없습니다. 본래 그런 겁니다.

"그렇군요."

그럼 가보겠습니다.

"바쿠."

왜 그러시죠?

"정말 고마워요."

끝났군요.

네.

당신이 알고 싶었던 걸 모두 알았습니까?

네, 약간 부끄럽군요.

전체적으로 좋게 마무리 지어졌다고 생각하는데 어떻습니까?

잘된 걸까요? 고토미 씨는 나와 함께해서 행복했을까요?

본인이 그렇게 말했습니다.

그래요. 아무튼 오랫동안 박혀 있던 가시를 뽑은 느낌이군요.

그 총명하고 아름다운 고토미 씨가 왜 자신과 결혼했는지 줄곧 궁금했었던 모양이군요.

네. 뭔가 중요한 이유가 있을 거라고, 그게 내 인생의 가장 큰 의문이었어요. 감사합니다. 이제야 편안히 눈을 감을 것 같군요.

저에게 인사할 필요는 없습니다. 받기로 한 추억은 받았으니까요.

이제 헤어지는 건가요?

그렇습니다.

다시 만날 일은?

아쉽지만 없습니다.

뭐랄까, 주제 넘는 말일 수도 있지만.

뭔가요?

이런 역할을 하는 게 괴롭지 않나요?

역할이라고 생각하지 않습니다. 이게 저에게는, 말하자면 인생이니까요.

그렇군요. 당신도 좋은 꿈을 꾸시기 바랍니다.

감사합니다.

안녕히 가세요.

안녕히 계세요. 그럼 이만.

저는 추억을 먹습니다.

선한 사람의 추억을 갖는 대신 다른 인생을 만듭니다.

인생에서 마지막으로 눈을 감을 때, 행복한 꿈을 꾸게 됩니다.

무엇을 바랄지는 자유입니다. 어떤 것이든지.

당신이 그걸 바란다면.

그녀가 왔다

들립니까?

"음, 들리는데."

이제 곧 당신 생명의 등불은 사라집니다.

"넌 누구지?"

이름은 없습니다. 그냥 바쿠라고 불러주십시오.

"바쿠라면 악몽을 먹는다는 그 요괴라는 거야?"

좀 다르지만 비슷한 거라고 생각해주십시오.

"도대체 뭐야? 이거야말로 꿈인가?"

꿈은 아닙니다. 저는 죽음을 맞이하는 당신의 마지막 생명에 말을 걸고 있습니다. 현실이라고 하기에는 좀 이상하지만요.

"그렇군. 죽기 직전에는 이런 일도 생기는 거야?"

네. 그렇게 생각해주시면 감사하겠습니다.

"바쿠라고 했지?"

그렇습니다.

"그러면 내 꿈을 먹겠다는 거야? 이제 곧 죽을 테니 꿈을 꿀 리 없을 텐데."

저는 꿈을 먹지 않습니다. 당신 인생의 '추억'을 먹습니다.

"추억?"

어디까지나 비유이지만, 그런 비슷한 겁니다.

"아무리 죽는다고는 해도 기분이 별론데."

안심하십시오. '추억'을 모두 먹는 건 아니니까요. 교환조건도 있습니다.

"교환조건?"

만약 당신이 지난 인생의 '추억'을 제게 주신다면 대신 저는 인생의 등불을 다시 한 번 타오르게 해드립니다. 당신은 당신의 인생을 계속 살게 되는 거죠. 자신이 죽은 사실조차 깨닫지 못한 채 새로운 인생을 사는 겁니다.

"다시 태어난다는 거야?"

아니요, 좀 다릅니다.

"그럼 뭔데?"

선택하지 않은 인생을 살게 됩니다.

"선택하지 않은 인생?"

당신이 과거에 당신 의지로 선택한 '순간'을 떠올려보십시오.

누구나 인생에서 그런 순간이 있을 것입니다.

진학, 취직, 결혼, 연애, 그밖에 사소한 선택들. 어느 것을 택할지는 당신 자유입니다. 자살을 하기 위해서가 아니라면. 이건 당신이 다시 한 번 더 살기 위한 것이니까요.

"오호."

당신은 '당신이 택하지 않았던 인생'을 살 수 있습니다.

"그렇군. 그러면 그 선택한 순간부터 지금까지 살아온 내 인생의 '추억'은 네가 갖게 되는 거야?"

네. 이해력이 정말 탁월하시군요.

"재미있는 걸."

다만 인생이 어떻게 전개될지는 보증 못합니다. 그리고 당신은 그 인생에서 다시 눈을 감을 때 저를 비롯해 모든 걸 기억하게 되죠. 그때 선택을 해서 다시 살았던 걸 후회할 수 있습니다. 유감스럽게도 어떻게 될지는 저도 모릅니다.

"아하, 그런 거였군."

물론 이 제안을 받아들이지 않아도 됩니다. 당신은 이대로 숨을 거두지만 당신은 당신의 인생을 분명하게 살았고 주어진 수명을 다했으니까요.

"선택하지 않았던 인생이라."

그렇습니다.

"언제가 되었든, 어떠한 순간이든, 다 되는 거지?"

네.

"아주 사소한 일이어도 되는 거고?"

네. 구체적으로 말한다면, 그날 밤 카레라이스를 먹었는데 역시 오므라이스를 먹고 싶었다는 식의 것이어도 됩니다. 그게 당신 스스로 결정한 '선택'이라면 말이죠.

"알았어."

당신이 택하지 않은 길을 가보겠습니까?

"가볼래. 어떻게 해야 하지? 너한테 말하면 되는 거야?"

아닙니다. 마음속으로 생각해주십시오. 그때 그러한 선택을 했지만 이번에는 이렇게 하고 싶다고 속으로 바라면 됩니다.

"아하."

다시 말씀드리는데 그 결과가 어떻게 될지는 저도 모릅니다. 그래도 괜찮겠습니까?

"괜찮아. 해보고 싶어. 다시 한 번 살고 싶어."

알겠습니다. 그러면 선택해주시죠. 그리고 바라십시오.

"시간은 있어?"

생명의 등불이 막 꺼지려고 합니다. 시간이 별로 없습니다. 가능하면 빨리 정하십시오.

"알았어."

1983. 8. 10 20:47

내일은 내 생일이다. 그리고 나는 10분 전에 여자 친구 나미코에게 차였다.

전화가 걸려왔을 때는 다음날, 즉 내 생일에 뭘 할지 의논하려는 줄 알았다. 아르바이트를 오전반으로 옮겨 놓아서 저녁 시간은 비어 있었다. 여자 친구가 근무하는 레코드 가게도 오전반과 오후반으로 파트가 나뉘어 있었다. 그래서 생일날은 오전근무를 하고 저녁때쯤 영화를 보러 갔다가 저녁을 먹고 내 방으로 와서 응응응을 하는 식으로, 여느 때와 똑같은 데이트 코스를 머릿속에 그려보고 있었다.

하지만 나미코의 입에서 나온 말은 간단했다.

"미안해. 우리 그만 만나."

수화기를 든 채 내 입은 '아' 형태로 굳어졌다. 한동안 목소리가 나오지 않았다. 충격이라기보다, 아니 충격은 충격이었는데, 여하튼 처음에는 '왜 하필 내 생일 전날 헤어지자는 건데?'라는 생각이 들었다.

너무하잖아, 라고 말이다.

그런데 그녀의 입장에서는 헤어질 마음으로 생일을 축하해주는 것도 견디기 힘들었을 테고, 나에 대한 예의도 아니라고 생각했을 테니 이해는 간다. 하지만 적어도 마지막으로 생일을 축하해주고 밤을 보내며 한 번 하게 해준 다음 헤어져도 되는 거 아닐까.

완전 저질이야, 라고 여자들은 화를 내겠지만, 평범한 스물한 살의 남자는 다 똑같을 것이다.

그저 전화를 끊고 나서 뭐가 이러냐고 중얼거렸다. 하지만 곧바로 이제 다른 여자를 만날 수 있겠구나, 라고도 생각했다. 나쁜 남자라는 말을 들어도 싸다. 하지만 이런 성격인 걸 어쩌랴.

불성실한 타입은 아니다. 나미코와 진지하게 사귀었고 다른 여자를 만나서 바람피운 적도 없다. 물론 데이트하면서 귀여운 여자가 보이면 눈을 돌리기는 했지만.

"아무튼."

끝났다. 이유는 말해주지 않았다. "겐지는 너무 착해서"라는 애매모호한 말로 끝내려는 걸 도무지 이해할 수 없었지만, 하는 수 없다.

생일에는 혼자 지내기로 했다. 생일이라고 해서 특별히 기쁜 것도 아니고 특별한 일을 해야 하는 것도 아니다.

1983. 8. 12 15:21

"정말이냐?"

"그럼 정말이죠."

"나미코가 그렇게 말했냐?"

"말했어요."

"이런."

라이브하우스의 마쓰다 선배는 고개를 설레설레 흔들며 내가 한번 만나서 물어볼까, 라고 말했다.

"뭐라는지 들어봐줄까?"

"아뇨, 됐어요. 이미 알았다고 한 걸요."

마쓰다 선배도 당연히 나미코를 알고 있다. 나미코는 내가 아르바이트를 하고 있는 이곳 라이브하우스의 단골이었으니까. 내가 나미코와 사귀었다는 건 모두가 알고 있었다.

"그 애도 근본은 착실해서 말이지. 고민 많이 했을 거야."

"이제 됐어요."

나는 그만 얘기하자며 웃었다. 정말로 이제 됐다. 헤어지고 싶다면 기분 좋게 보내준다. 떠나는 사람은 붙잡지 않는다. 또다시 여자들의 비난이 빗발치겠지만 한 사람에게 집착할 정도로 인기 없는 남자는 아니다. 마음만 먹으면 여자 친구 한두 명, 잠자리를 함께할 여자 한두 명쯤은 얼마든지 찾을 수 있었다.

그야 조금 상처받긴 했다. 하지만 정말로 조금이다. 반창고를 붙여두면 나을 만한 상처다. 아마 한 달 뒤에는 깨끗이 사라져 있을 것이다.

"그럼 한동안 나미코는 못 보겠네."

"적어도 제가 여기 있는 동안은 오지 않겠죠."

"그렇겠지. 어째 좀 서운한데."

나미코는 밝고 씩씩해서 인기가 많았다. 옛날 남자친구의 입장이 아니라면 이제 이곳에 나미코가 없다는 건 역시나 서운했다. 모두들 그녀의 밝은 성격을 좋아했으니까.

그런 생각을 하면서 접사다리를 타고 위로 올라갔다. 도안을 보면서 조명의 위치를 하나씩 바꾸며 오늘 있을 라이브를 준비했다.

오늘밤 라이브는 신고의 첫 솔로 공연이다. 3인조 밴드를 꾸리다가 홀로서기를 결심한 후 갖는 첫 무대.

나는 처음부터 신고가 솔로로 하기를 바랐다. 피아노도 치고 노래도 잘한다. 밴드보다 솔로로 하는 편이 돋보이지 않을까 싶었다. 외모도 그런대로 괜찮다. 키가 약간 작은 게 흠이지만 부드러운 느낌의 곡을 만들기 때문에 여성 팬들이 많았다.

"뒤에 메라(알루미늄 등의 금속제 시트를 바른 '메라판'에 조명을 반사시킨 불빛-옮긴이), 준비해둘 거지?"

"아아, 할게요. 선배님은 주방 쪽을 준비해주세요."

"그래, 수고."

고등학교 때 이미 내게 뮤지션이 될 재능이 없다는 걸 절감했다. 하지만 재능 있는 사람을 가리는 눈은 있다고 믿었다. 그래서 철저하게 뒤에서 재능을 키우는 일을 하기로 결심했다.

적어도 내 안에 음악이라는 걸 남겨두고 싶었다. 2년 전에 한 결심이다. 신고의 밴드를 안 지 얼마 되지 않아서였다.

아직 아무도 없는 라이브하우스 '쓰리, 투, 원'. 라이브를 하지 않는 시간대에는 카페로 운영하고 밤에는 술도 판다. 메인 메뉴인 이탈리안 요리도 평판이 좋다.

이 근방에서는 상당히 유명한 가게다. 인기가 있어서 아르바이트생도 좀처럼 뽑지 않는다. 아예 자리가 생기지 않는다. 내가 대학에 들어가자마자 이곳에서 아르바이트를 할 수 있었던 것은 고등학교 때 삼촌 회사에서 조명 일을 했기 때문이다. 어지간한 스태프보다 조명에 관해서는 더 잘 알고 있었으니까.

마사히데 삼촌은 무대와 콘서트용 조명을 다루는 회사를 운영하고 있었다. 일을 쉴 때에는 트로트 가수와 밴드 투어를 함께 보러 다녔다. 정말 기막히게 재미있었다. 어릴 때부터 줄곧 서양음악에만 관심을 가졌는데, 조명 일을 하면서 시야가 엄청나게 넓어졌다.

트로트 가수 투어를 따라 지방을 돌다 보면 초등학교 강당에서 공연을 해야 할 때도 있었다. 스태프들의 대기실은 교실이었다. 할머니, 아주머니들이 먹을거리를 싸가지고 그곳까지 찾아왔다. 찐 고구마나 이름 모를 즙 같은 것들을 들고. 평소에는 손도 대지 않는 것들인데, 오히려 그게 아주 재미있고 기분이 좋았다. 고등학생 아르바이트라고 하면 "장하구나"라든가 "열심히 하렴" 하는 격려와 함께 백 엔이나 오백 엔을 쥐어주는 할머니도 있었다. 그때는 정말 감동에 겨워 울먹이기도 했다.

할머니와 아줌마 팬들이 나로서는 이름도 몰랐던 무대 위 트로트 가수의 행동 하나하나에 집중하며 기뻐하는 모습, 내가 준비한 조명 효과에 '오오' 하며 감탄을 터뜨리는 모습을 보고 있으면 왠지 모르게 가슴이 벅차올랐다. 그들을 위해서 더 열심히 멋진 무대를 만들자고 결심하게 됐다. 어쩐지 트로트는 감성이 부족한 것 같아 꽤나 싫어했는데.

무대 뒤쪽의 스태프와 무대에 서는 사람들과의 관계에 대해서 생각하게 된 것도 그 일 덕분이었다.

무대는 결코 아티스트만으로 완성되지 않는다. 주변 스태프들이 그 뮤지션을 얼마나 사랑하는지에 따라 무대는 완전히 달라진다.

애정을 바탕으로 해야 진정으로 좋은 무대가 완성되는 것이다.

물론 다른 것들도 많이 배웠다. 잘나가는 뮤지션이라도 성격이 바닥인 녀석이 있다. 그리고 아무리 그 녀석이 싫더라도 스태프라면 빈틈없이 일을 해야 한다. 무대에서 그 뮤지션의 매력이 가장 잘 전달되도록 노력해야 한다. 그것은 뮤지션의 인간성과는 전혀 상관없다. 짜증난다고 스태프를 때리고 발로 차는 뮤지션은 최악이다. 하지만 그런 녀석이 잘나가는 경우도 허다하다.

학교에서는 전혀 배우지 못한 것들을 나는 아르바이트를 하면서 배워나갔다.

그렇다고 해서 내가 좋은 사람, 좋은 남자가 되는 건 아니겠지만.

1983. 8. 12. 16:08

문이 열리고 청바지에 티셔츠 차림의 신고가 기타케이스를 안고 나타났다.

"겐지."

"좋은 하루."

접사다리를 내려가자 신고가 다가온다.

"잘 부탁해."

"걱정 마."

팔을 굽혀 얼굴 앞에서 서로 부딪친다. 요즘 이곳에서 유행하는 인사법이다.

"캡틴은?"

"사무실에 계셔. 가서 인사 드려."

"응."

고개를 끄덕이며 신고가 안쪽으로 걸어간다. 공연 3시간 전. 역시 긴장한 기색은 찾아볼 수 없다.

"아 참, 신고."

그가 멈춰 서서 돌아본다.

"벌써 맥주를 보내준 사람이 있어."

"누가 보냈는데?"

"앗짱과 푸짱. 두툼한 편지도 같이."

"으아."

신고가 얼굴을 찡그린다. 신고의 열혈 팬인 앗짱과 푸짱이지만, 그들의 열성에는 약간 주춤해질 때가 있다.

"고맙게 받아. 대기실에 있으니까."

"이따가 같이 마시자."

나 혼자 마실 수는 없지, 라며 웃고서 신고는 기타케이스를 안고 안쪽으로 사라졌다. 나는 도구를 매단 벨트를 새로 조이고, 접사다리 맨 위로 올라가 앉아서 담배를 꺼내들고 불을 붙였다. 이렇게 높은 곳에서 홀 전체를 바라보며 피우는 담배 맛은 그야말로 최고다.

신고. 나카야마 신고. 나이는 나보다 한 살 많다. 나와는 다른 대학에 적을 두고서 음악에만 몰두하며 나처럼 학교에는 거의 나가지 않는다. 부모가 준 돈으로 흥청거리는 생활을 한다는 것이 가끔씩 양심에 찔리지만 정작 본인들은 진지하게 음악을 하고 있기 때문에 부모들이 봐줘야 한다며 우리 좋을 대로 말을 하기도 한다. 물론 졸업만큼은 할 생각이다.

신고와는 고등학교 때부터 라이브 무대나 악기가게 등 여기저기에서 마주치곤 했다. 음악과 만화, 영화를 보는 취향이 비슷하다보니 마음이 맞아 가끔 같이 어울리게 되었다. 함께 밴드를 할까 하는 얘기가 나오기도 했지만, 내가 거절했다. 재능이 없다는 걸 알았으니까. 지금도 가벼운 라이브 홀에서 재미삼아 가끔 섹션에 참여하는 경우는 있다.

뮤지션으로서 신고의 재능은 인정한다. 신고가 만드는 곡은 놀라울 정도로 팝적이라서 머지않아 메이저 데뷔를 하고 인기 있는 아티스트가 되리라 믿는다. 가끔씩 엿보이는 오만함은 재능 있는 인간의 음악에 대한 에고이즘이기에 어쩔 수 없다며 이해한다. 기본적으로 착한 친구이고 함께 어울리면 즐겁다.

만약 신고가 이대로 아티스트로서, 프로의 길을 걷는다면 도와주고 싶다. 친구로서, 스태프로서.

또 문이 열렸다. 쭈뼛거리며 머리부터 들이민 사람은 마리카였다. 처음에는 내가 접사다리 위에 있다는 걸 모르고 두리번거렸다. 작업을 하면서 말을 걸었다.

"마리카."

내 목소리에 약간 놀란 듯 그녀가 얼굴을 들어올렸다. 검고 긴 머리카락이 물결치는 동시에 마라카의 얼굴이 나를 올려다보았고, 그 얼굴에 미소가 번졌다. 나만이 아니라 모두에게 보여주는 지극히 자연스러운 미소다. 그런데 어딘지 모르게 평소와 다른 느낌이 들어서 나도 모르게 물끄러미 바라보았다.

가게 안으로 들어온 마리카는 접사다리 밑에서 다시 나를 올려다보았다.

"안녕."

"오랜만이야. 잘 지냈어?"

그녀는 고개를 크게 끄떡이고서 미소 띤 얼굴로 나를 가만히 바라보았다. 거기에, 나를 올려다보는 눈동자 속에서 무엇인가가 흔들린 것 같았지만, 무엇이었는지는 모른다.

"신고는 사무실로 갔어."

"처음 봤어."

"뭘?"

"겐지가 조명 일 하는 거."

"그런가?"

순간 나는 동요했다. 이유는 모른다. 나는 태연한 척 작업을 계속했다. 마리카도 신고를 보러가지 않은 채 가만히 서서 나를 바라보았다. 그 시선이 느껴졌다.

"봐도 재미없는데."

그 말에 마리카가 풋 하고 웃더니 안 그래, 라며 중얼거렸다. 그러고는 무엇을 납득한 것인지 혼자서 고개를 끄덕였다.

"나미코는?"

"아아, 그게."

쓸쓸하게 웃었다. 마리카도 이곳 단골이라서 나미코를 안다. 친하지는 않지만 회식자리에서 옆자리에 앉게 되면 이것저것 즐겁게 대화를 나누곤 했었다. 음악세계에 뿌리를 내리려는 남자친구를 가진 동지. 그러한 여자들은 미묘한 연대감이 있다고 나미코가 말했었다.

잠시 망설였다. 하지만 숨겨봤자 어차피 알게 될 텐데 싶어 쓸쓸하게 웃으며 덧붙였다.

"차였어."

"응?"

마리카는 농담이라고 생각했는지 크게 웃다가 바로 진지해졌다.

"정말?"

"진짜 정말."

물론 나는 웃으며 답할 수밖에 없었다. 괜히 조명 각도를 이리저리 조정하면서 "그렇게 됐어"라고 말했다. 마리카도 다른 할 말이 없었을 것이다. 그렇구나, 라고 조그맣게 말하고 고개를 숙였다. 그러고는 곧바로 다시 나를 올려다보았지만 아무 말도 하지 않았다. 그녀는 조금 망설이는 표정을 보인 뒤 그만 가보겠다며 자리를 떴다.

나는 또 보자며 인사했다. 마리카의 뒷모습을 위에서 내려다보았다. 내가 아는 여자들 중에서는 키가 큰 편이다. 아마 165센티미터 정도. 스타일도 좋고 내가 알기로는 성격도 좋다.

신고의 여자 친구.

사귄 지 5년쯤 되었다고 했다.

신고는 좋은 녀석이다. 하지만 여자친구를, 마리카를 대하는 태도는 도통 이해되지 않는다. 지금도 그렇다. 반 동거처럼 지내고 있으면서도 지금처럼 따로 온다. 어쩌면 신고는 다른 여자의 방에서 왔을지도 모른다. 녀석이 곧잘 하는 짓이다.

친구들 사이에서도 종종 입방아에 오른다.

"신고는 정말 그러면 안 되지."

"녀석이 여자를 대하는 태도는 아직 멀었어."

"마리카가 용케 잘 참고 있어."

"얼마나 좋으면 그러겠어."

술자리에서 자주 오고가는 말이다. 예쁘고 스타일 좋은 여자가 신고를 좋아한다고 시기하는 말처럼 들릴까봐 모두 농담처럼 말한다. 그래도 실은 전부 진심이었다.

"반했으니 어쩌겠어."

담배를 피우면서 중얼거렸다. 친구의 여자 친구.

살짝 고개를 돌려 연기를 뱉고, 다시 도안을 바라보았다. 접사 다리에 매달아놓은 깡통에 툭툭 재를 턴다. 이제 한 곳만 위치를 바꾸면 이쪽은 완성이다. 담배를 비벼 _끄고_ 머리 위에 있는 조명을 살폈다.

"됐어."

마지막으로 무대 뒤에 메라를 준비하고 조명이 어떻게 비치는지 확인한다. 이제 리허설만 하면 된다.

1983. 8. 12 17:36

마리카는 리허설을 하는 동안 언제나 무대 위의 신고를 바라본다. 말을 걸지도 않고 꼼짝도 않은 채 그저 가만히 객석에 앉아서 눈으로 신고를 좇는다.

그래서 나는 우측 후방에 설치된 조명탁(조도, 시간, 색상 등을 조정하는 조명설비-옮긴이) 부스 안에서 마리카의 뒤통수를 바라보는 일이 잦다. 그녀의 예쁜 두상이 무대의 조명을 받아 빨갛게 파랗게 노랗게 물드는 걸 바라본다.

무대 위 좌측에서 약간 중앙 쪽에 그랜드피아노가 한 대, 정중앙에 의자와 보컬용 붐 스탠드가 있고, 우측에는 서포트 기타 담당 기요다가 앉는 의자와 기타용 마이크스탠드가 있다.

단조로운 무대에 어쿠스틱한 곡. 거기에 어울리는 조명. 여러 가지 요소들을 고려하면서 진행표에 이것저것 세세하게 적어간다. 아마추어인 우리는 미리 조명까지 계획하지는 않는다. 당일 리허설을 하며 이 곡은 이런 느낌, 저 곡은 저런 느낌, 하면서 즉석에서 계획을 짠다. 물론 팝적인 곡은 이런 패턴으로 하고, 발라드는 저런 패턴으로 한다는 식의 조합은 있다.

신고의 오늘 무대는 완벽한 어쿠스틱이다. 더구나 발라드가 많아서 그쪽 스타일로 미리 준비를 해두었다. 나머지는 곡에 맞춰서 어느 부분에서 효과적으로 조명을 바꿀 것인지 생각해본다.

"신고."

곡이 끝나자, 마이크 스위치를 켜고 신고를 불렀다.

"왜?"

"지금 그 곡, 후렴 앞부분에서부터 반복해서 끝나는 부분까지 다시 한 번 불러볼래? 그 부분에서 뭔가 효과를 더 주고 싶은데."

98

"오케이."

곡이 반복된다. 후렴 부분에서 호리존트(바닥에서 천장까지 이음새 없이 만들어놓은 세트 벽면-옮긴이)의 색을 블루에서 화이트로 바꾸면서 한층 곡에 몰입되는 분위기를 만든다. 곡이 끝나는 것과 동시에 다시 블루로 바꾸면서 뒤쪽에 준비해둔 핀라이트로 배경에 빛줄기를 넣는다. 리허설을 구경하던 동료 몇 명이 작게 감탄하는 소리를 냈다. 느낌이 좋다. 저 효과를 무대 전체에 넣고 빛이 밑에서 위로 향하게 하자. 그쪽이 더 효과적이다. 분명히 오늘 이 곡은 관객들에게 가장 강한 인상을 남길 것이다.

조금 안타까운 건 정작 뮤지션이 그 효과를 실제로 보지 못한다는 데 있었다. 그 자리에서 가장 기뻐해주었으면 하는데.

1983. 8. 12 18:41

공연 시간이 다가오자 가게 안이 북적이기 시작했다. 무대 스피커에서, 시끌벅적한 분위기를 깨지 않을 정도의 음량으로 폴리스의 곡이 흘러나온다. 이제 조명탁 부스는 천장 쪽으로 가깝게 올려져 있었다. 나는 그 안에서 시끌벅적한 소리와 음악의 하모니를 느끼며 기분 좋게 담배를 피웠다.

신고의 밴드가 라이브를 하는 날이면 언제나 가게 안은 관객들로 가득 찼다. 표를 팔기 위해 애쓰지 않아도 순식간에 매진될 정도였다. 메이저 데뷔가 코앞이라는 말을 들었으니까. 신고는 그 밴드의 중심이었다. 그리고 오늘은 그의 첫 솔로라이브다. 관객들은 여전히 많았다.

"겐지."

목에 걸어둔 헤드폰에서 음향엔지니어의 목소리가 흘러나왔다. 헤드폰을 쓰고 마이크를 조정한다.

"네, 무슨 일이시죠?"

"대기실에서 신고가 불러."

"알겠습니다."

보조인 아라이에게 대기실에 다녀온다는 말을 남기고 부스 옆의 사다리로 내려갔다. 가게 벽면을 따라 대기실로 걸어가면 여기저기서 말을 건넨다. 누군가에게는 손을 들어 적당히 응수하기도 하고 오랜만에 보는 녀석하고는 한두 마디 더 나눈다.

그런 분위기가 몹시 좋았다. 그 속에서 일을 한다는 게 한없이 기뻤다. 가능하면 아르바이트가 아니라 평생 하고 싶지만, 그게 쉽지 않다는 건 이곳 시라하타 캡틴에게도 귀에 딱지가 앉을 정도로 들었다.

"언젠가 가정을 갖게 될 거야. 가족을 먹여 살리려면 솔직히 이런 일을 하고 있을 수는 없지. 프로의 세계에서는 이처럼 적당히 해서는 버티지 못하거든."

이 일을 계속 하기 위해서는 평생 독신으로 혼자 즐기겠다는 결심을 해야 한다. 때문에 이 가게에 있는 스태프들은 모두 아르바이트 학생이다. 언제 일을 그만두어도 부모의 보호를 받는 녀석들뿐이다.

그러한 사정은 전부 알고 있었다. 삼촌이 운영하는 조명회사도 속사정은 힘들다고 했다. 같은 업종의 회사가 속속 문을 닫는 상황에서 언제 영업을 중단할지 몰랐다.

내년이면 4학년. 앞으로 1년 반이면 졸업이다. 그동안 누릴 수 있는 자유로운 천국. 그 다음은 아직 암흑이다.

대기실 문을 가볍게 두드리면서 문을 열었다.

"들어간다."

신고가 파이프의자에 앉아서 가볍게 손을 들었다. 그 옆에서 마리카가 미소 짓고 있었다.

"나, 불렀어?"

언제였을까. 마리카를 처음 봤을 때도 지금과 상황이 비슷했다. 우리는 라이브 공연장의 대기실에서 인사를 나눴고, 그때는 내 옆에 나미코가 있었다.

그 뒤로 몇 년이 더 흐른 걸까.

"나미코에게 차였다며?"

신고가 진지한 얼굴로 물었다.

"뭐야, 마리카. 벌써 말한 거야?"

"미안."

"괜찮아?"

신고가 정말 걱정스러운 표정으로 묻는다.

"첫 솔로 공연을 앞두고 내 걱정을 하다니 여유도 많아. 네 걱정이나 해."

"난 괜찮아."

씩 웃는다. 그렇다. 내게는 그러한 자신감도 없다. 사람들은 무대에 오르기 전 누구나 긴장한다. 그러나 그 긴장을 자신의 파워로 만드는 사람만이 진정으로 성장할 수 있다.

"너도 괜찮아 보이긴 하네."

"걱정할 정도로 내가 그렇게 인기 없어 보였어?"

그러고는 서로 웃으며 고개를 끄떡했다.

"그럼 오늘 무대는 너를 위해 바칠게. 여자 친구를 새로 만나게 해달라고."

"영광이지만, 처음 하는 솔로라이브잖아. 아아, 그래. 마리카에게 바쳐."

신고는 음, 뭐, 라며 웃음으로 얼버무렸다. 거짓말로라도 그러겠다고 하면 마리카가 기뻐할 텐데.

"5분 전이야. 정각에 시작 괜찮지?"

"오케이."

나는 가볍게 손을 들어 인사하고 대기실을 빠져나갔다.

이제 라이브가 시작된다.

1983. 8. 12 21:38

"모두 수고 많았습니다!"

마쓰다 선배의 구호가 들리자 사람들이 일제히 맥주잔을 들어 올리며 건배를 외쳤다. 라이브 후의 뒤풀이는 언제나 이 술집에서 한다. 사람들이 많아도 자리가 충분했으니까.

전에는 나미코가 내 옆에 있었다. 사람들이 자꾸 "오늘 나미코는?" 하며 물어보았다. 차였어, 라고 몇 번씩 말하는 게 괴롭다고 해야 할까, 귀찮다고 해야 할까. 일단 "일이 있어서"라는 말로 적당히 넘어갔다. 어차피 금방 소문이 퍼질 텐데 내버려두자 싶어서.

물론 신고는 가운데 자리에 앉아 있다.

멋진 라이브였다. 뮤지션들이 솔로로 데뷔할 때 보여주는 다짐이나 의욕보다는 여유 같은 게 느껴졌다. 실은 조정탁 앞에서 깊이 감탄했다. 이 친구는 그릇이 다르다는 걸 새삼 느꼈다. 스태프들도 모두 같은 생각이었다. 각자 떠드는 와중에서도 "신고 잘했어"라는 소리가 여기저기에서 날아들었다.

술은 잘 못 마시기 때문에 언제나처럼 첫 잔만 비우고 우롱차를 마셨다. 요리를 계속 먹으면서 주변 사람들과 시시껄렁한 이야기도 하고 음악 이야기도 나누었다.

여느 때와 같은 시간.

마리카는 신고 옆에서 싱글벙글 웃으면서 이야기를 하고 있었다. 그동안 신고는 여기저기 돌아다니며 자리를 바꾼다. 마리카는 옆 눈으로 신고를 좇으면서 옆자리에 앉은 지인, 친구들과 이야기를 나눈다.

그때마다 쓸쓸한 표정이 언뜻 스치고 지나간다. 여자 친구를 데리고 온 남자가 그 여자를 얼마나 배려하고 있는지는 금방 알수 있는 법이다. 아무리 술에 취했더라도 정말 그 여자 친구에게 빠져 있는지, 마음을 쓰는지가 주변 사람들에게 바로 전달된다.

미안하지만 신고에게서는 그런 감정이 느껴지지 않는다. 완전히 어리광을 부리고 있다. 어떻게 대하든 괜찮다고 내버려두고 있다. 얘는 언제나 나를 좇아오니까 신경 쓰지 않아도 된다는 마음.

그것이 나쁘다는 건 아니다. 그런 연인관계도 있을 것이다. 좋아한다는 감정은 모두 형태가 다르니까.

"야."

신고가 옆자리에 털썩 앉더니 잔을 들고 쩽 부딪친다.

"수고했어."

"수고 많았다. 고마워, 조명 좋았다고 난리더라."

그렇지? 농담처럼 대답했다. 하지만 사실 스스로도 아주 만족스러웠다. 어쩌면 그동안 준비했던 라이브 무대 중에서 최고가 아닐까 싶을 정도였다.

"너도 느낌이 왔지?"

내 물음에 신고는 고개를 끄떡였다.

"응, 뭐."

"잘될 거야."

"진심이냐?"

당연 진심이라고 하자, 신고는 정말 기쁘다는 듯 웃어 보였다.

"너한테서 그런 말을 들으니, 자신감이 생기는데."

하지만 그 말을 듣고 기분이 좋으면서도 절반은 거짓이라고 생각했다. 신고는 이미 자신감에 차 있다. 그런 사람에게서 나오는 아우라 같은 게 점점 강해지고 있다.

"너 혼자가 아니라는 걸 잊지 마라."

"뭐?"

입 밖에 낼 생각은 없었는데, 문득 말하고 싶어졌다.

"네 재능을 인정해주는 많은 사람들이 있기에 노래할 수 있다는 것. 물론 마리카도 포함해서."

신고가 순간 어리둥절한 표정을 하고 마리카 쪽을 쳐다보았다. 그리고는 빙긋 웃으며 나를 바라봤다.

"겐지, 너 말이야."

"응."

"너처럼 착한 사람, 정말 없을 거야."

"무슨 뚱딴지같은 소리야."

"조심해. 빌리 조엘도 노래했잖아. 착한 사람은 오래 살지 못한다고."

"짜식."

1983. 8. 12 23:32

그녀가 올지도 모른다고 생각했다.

2차가 끝나고 또 여느 때처럼 혼자 남겨지고, 신고에게서 돌아가라는 말을 듣고, 혼자 쓸쓸히 걸어가는 뒷모습을 떠올렸다.

언제나 그랬다. 그녀는 혼자서 돌아간다. 돌아가게 된다.

그래서 기다렸다. 지하에 있는 넓은 커피하우스의 구석 자리. 새벽 두 시까지 영업을 하기 때문에 회식이 끝나고 돌아가는 길에는 항상 들린다. 그녀도 알고 있을 것이다.

자정이 넘을 때까지, 아니 새벽 한 시까지는 기다려볼까 싶었다. 솔직히 망설였다. 그럴 리가 없다고 생각하면서도 그 순간에 느낀 뭔가를, 그 뭔가를 기대했다. 오늘 리허설 전 가게에 들어온 그녀와 눈이 마주쳤던 그 순간.

그 찰나에 둘 사이에 무엇인가가 흘렀다.

그렇게 느꼈다.

그래서 기다려보기로 했다. 신고에게는 미안하지만 언제나 생각하고 있었다. 그녀는, 마리카는 신고에게 아까운 상대라고.

그녀가 불쌍하다고.

"그래도."

오지 않을 거라고 중얼거리며 자조했다. 그런 생각을 하고 있는 자신이 싫었다.

"나미코에게 차인 후에 한다는 짓이 겨우 이거냐."

나미코가 있었다면 할 수 없는 행동이다. 반대로 말하면 나는 이 타이밍에 나미코와 헤어졌다. 그리고 여러 번 마주쳤지만 그동안 마리카에게서 다른 느낌을 받은 적은 없었다. 그러니 혹시.

이것도 억지로 꿰맞추려는 건가. 혼자서 이런저런 생각을 하는 자신이 소심하게 느껴졌다.

"뭐 어때."

커피를 마시며 늘 한 시간 정도 멍하게 있다가 돌아가곤 했다. 잡지를 팔랑팔랑 넘기며 읽다보면 어느새 두 시간 정도는 훌쩍 지나간다. 그렇다. 전에도 항상 하던 일이다.

스스로를 위로했다.

1983. 8. 13 00:41

정말 심장이 튀어 올랐다.

튕겨 오른다는 말은 사실이었다.

문이 열리고 그녀가, 마리카가 들어오는 모습을 발견했을 때 나는 자신도 모르게 의자에서 튕겨 오르려는 몸을 억지로 막았다. 싱글벙글 웃음이 나는 걸 애써 감추었다.

그녀는 둘러보다가 나를 알아보았다. 나는 짐짓 아무렇지 않은 척하면서 그녀를 향해 가볍게 손을 들었다.

"혼자야?"

내 물음에 그녀는 약간 수줍게 미소 짓고는 고개를 끄떡였다.

"앉아도 돼?"

"응."

그녀가 맞은편 자리에 앉았다.

"신고는 또 계속 어울리고 있어?"

"아마도."

농담처럼 웃고 있었지만 사실 그녀는 울고 있다. 마음속으로 그렇다고 생각했다. 그녀가 브랜드 커피를 주문했다. 눈이 마주치자 동시에 미소를 지었다. 그리고 할 말이 없어서 나는 담배에 불을 붙였다.

"계속 따라갔으면 좋았을 텐데."

"응?"

"신고를 따라가지 그랬냐고. 항상 먼저 집에 가잖아."

하지만, 하고 마리카는 쓸쓸하게 웃는다.

"화를 내니까. 얼른 가라고."

"그래도."

그래도 좋아해? 라고는 차마 물어볼 수 없어서 그저 고개를 끄덕이며 맞장구를 쳤다. 물어보지 않아도 다 알고 있다. 그래도 그녀는 신고를 좋아한다. 언제까지나 그 옆에 있기를 원한다.

하지만 오늘밤은 이곳에 왔다. 그 이유도 묻지 못했다. 1차가 끝나면 항상 내가 이곳에 들린다는 걸 알면서 왜 얼굴을 내밀었냐고. 단지 이야기를 하고 싶어서라고 대답하지는 않을 것이다. 뭔가 다른 이유가 있을 것이다. 그러나 생각만 할 뿐 묻지 못했다.

서로 마주본 채 커피를 마셨다. 한동안 누구도, 아무 말도 하지 않았다.

"왠지."

"뭐?"

그녀가 미소 짓는다.

"오늘, 이제 어제라고 해야 하나. 리허설 전에 네가 준비하는 모습을 보고 기뻤어."

"기뻤다고?"

웃는 얼굴로 고개를 끄떡인다.

"왜?"

"이유는 잘 모르겠지만."

다시 미소 지었다.

결국 몇 마디 나누지도 않고 나와 그녀는 가게 문을 나섰다. 그녀와 신고가 함께 지내는 집은 여기서 걸어서 20분쯤 걸린다. 걸어간 적도 여러 번 있을 것이다. 우리 집은 반대방향에 있다. 걸어서 15분 정도 걸린다.

여름밤이고 서로 돈도 없는 처지였기에 택시를 탄다는 생각은 하지 못했다.

"바래다줄게."

"하지만 정반대인데."

"괜찮아."

처음 한 걸음. 가게 출입구 앞에서 오른쪽과 왼쪽. 오른쪽을 향해서 한 걸음 내딛으면 그녀와 신고의 집. 왼쪽으로 내딛으면 우리 집.

아주 간단하다.

"우리 집에 갈래?" 농담처럼 말하면 된다.

그 정도의 농담은 언제든지 건넬 수 있는 사이다. "농담하지 마"라고 웃으면 그대로 얼버무리며 그녀를 바래다주면 된다.

그런데.

왼쪽으로 먼저 걸음을 뗀 사람은 그녀였다.

그리고 우리 집에 도착할 때까지 15분 동안 줄곧 같은 질문과 대답을 반복했다.

아직 늦지 않았어.

여기서 택시를 타면 돼.

내가 그냥 돌아갔으면 좋겠어?

그건 아닌데. 하지만.

아직 늦지 않았어.

그런 대화를 되풀이하면서 우리 집에 도착했다. 둘이서.

방에 들어가서도 나는 같은 말을 반복했다.

아직 늦지 않았어.

키스를 하면서도, 서로 꽉 껴안으면서도, 침대에 쓰러져서도 아직 늦지 않았다고 말했다. 하지만 그녀도 같은 대답을 되풀이 했다.

이제 늦었어.

그래서 우리는 몇 번이나 강하게 서로를 끌어안았다.

1983. 8. 13 04:15

동이 트기 시작한 하늘을 보면서, 거리가 조금씩 잠에서 깨어

나는 걸 온몸으로 느끼면서, 우리는 걸었다.

가끔 손이 스치는 걸 느끼고 아주 잠시 서로의 손가락을 얽었다가 곧장 떨어졌다. 아무 말도 하지 않고 묵묵히 그녀의 집으로 향했다. 우리 둘 사이에 흐르는 공기가 예전과는 완전히 달라졌다는 걸 느끼면서, 그 변화를 어떻게 해야 할까 생각하면서 걸었다.

확인하지 않았다.

침대 안에서 많은 이야기를 나눴지만, 그것에 대해서는 우리 둘 다 입 밖에 내지 않았다.

앞으로 어떻게 해야 할까.

신고는 친구다. 앞으로 평생 우정을 나누고 싶은 친구다. 나는 녀석의 재능을 사랑한다. 그녀도 그 사실을 알고 있다.

그녀도 나와 마찬가지일 것이다. 신고를, 신고와 신고의 재능을 모두 사랑하고 있다. 이제 어떻게 해야 할까. 왜 이런 짓을 저지른 걸까.

누가 이 일을 신고에게 전할 것인가.

아니, 아무 말도 하지 말아야 할까.

우리는 어떤 이야기도 나누지 않았다.

"이걸로."

"응?"

내가 바라보자 그녀가 미소 지었다.

"이걸로 된 게 아닐까 싶어."

"이걸로?"

이제 곧 그녀와 신고의 집에 도착한다. '이걸로'라는 게 무슨 뜻인지 물어보려고 했을 때 낯익은 누군가가 바로 앞 모퉁이를 돌아오고 있었다.

신고.

눈이 마주쳤다.

실은 생각하고 있었다. 이대로 그녀의 집까지 바래다주면 집으로 오던 신고와 마주칠지 모른다고. 그러면 어떻게 해야 할까.

그녀와 우연히 커피하우스에서 만났고 지금까지 이런저런 이야기를 나누다가 바래다주러 왔다고 말하려 했다. 그래서 순간, 아주 순간적으로 심장이 철렁 내려앉았지만 겉으로 드러나지는 않았다.

나와 마리카를 발견한 신고가 악의 없는 웃음을 보이며 크게 손을 흔들었다.

"야!"

취한 얼굴이다. 그대로 종종걸음으로 다가왔다.

"바래다주는 거냐? 고맙다."

정말, 정말로 평소와 다름없는 신고였다. 취해서 흐느적거리는 상태로 고맙다, 땡큐 겐지, 라고 중얼거리며 나를 그러안았다.

나와 그녀의 눈이 순간적으로 마주쳤다. 그 순간 우리는 공범자라는 걸 확신했다. 나는 신고를 가볍게 안았다.

"너, 취했구나."

여느 때와 똑같은 목소리였다.

"취했어."

"어디 가냐? 집은 저쪽이잖아."

내 물음에 갑자기 신고가 몸을 떼고 비틀거리면서 내 뒤를 가리켰다.

"지갑, 까먹었어."

"지갑?"

"아마 '노미야'에 둔 것 같아."

2차나 3차로 항상 들리는 가게다. 걸어서 5분 정도 걸린다. 거의 아침까지 영업을 하니 아직 문을 닫지는 않았을 것이다.

"그래서 가지러 가는 거야!"

신고는 휘청거리는 걸음으로 몇 발자국 가더니 우리를 돌아보았다.

"바래다줘, 잘 부탁한다! 마리카, 겐지에게 차라도 한잔 줘라!"

신고가 기쁘다는 듯이 웃으며 손을 흔들었다. 나는 그에게 뛰어갔다.

"됐어. 너, 취했으니까 내가 갔다 올게."

114

그리고 마리카 쪽으로 신고를 떠민 다음 부탁한다고 말했다. 마리카도 고개를 끄떡였다. 다시 한 번 서로 고개를 끄떡이며 미소를 지었다.

나는 도로를 건너려고 했다.

신호가 노란색으로 바뀌는 걸 곁눈으로 확인했다. 이른 새벽이라 자동차는 거의 없었다.

하지만.

하얀 스포츠카가 엄청난 속력으로 교차점을 돌아오는 모습이 그 순간 눈에 들어왔다.

1983. 8. 13 05:03

이상하지만, 자동차가 나를 향해 돌진해왔을 때,

아, 이거야.

이 사고를 당하기 위해 이곳에 있는 거야, 라고 생각했다.

그 순간을 이해하고 있었다.

치인 순간에는 아무런 아픔도 느낄 수 없었다. 그저, 그저 머릿속에 신고와 마리카에 대한 생각만이 가득했다.

빨리 와.

내게로 뛰어와.

내 얘기를 들어줘.

나는 간절히 바랐다.

육중한 무엇인가가 바닥에 쿵 하고 떨어지는 소리를 듣고 그것이 내 몸이 내는 소리라는 걸 깨달았다. 하지만 아무런 통증도 느낌도 없었다.

"겐지!"

"겐지!"

이제 눈앞이 보이지는 않았지만 나를 부르는 신고와 마리카의 목소리가 들렸다. 속으로 '승리의 브이 자'를 그렸다. 이제는 내 입에서 말이 제대로 나올지가 문제다. 그리고 신고가 술을 깼는지도. 점차 내 몸이 어디에 있는지조차 알 수 없을 정도로 의식이 희미해졌다.

"신고. 마리카에게 잘해줘. 소중히 여겨줘."

"뭐? 뭐라는 거야, 지금?"

"미안해."

"도대체 뭐가 미안한데? 뭘 사과하는 건데?"

"나, 이대로는 못 죽겠어서."

"짜샤! 네가 죽긴 왜 죽어!"

"부탁한다. 마리카는 네 여자 친구잖아. 좋아하지? 마리카를 잘 잡아줘."

"알았어, 알았으니까, 그만 말해!"

"약속하는 거지?"

"약속해."

"마리카 손을 잡아줘. 떨고 있잖아."

"잡았어! 됐냐?"

"안아줘."

"안았어! 힘껏 안고 있어!"

"다시 한 번 약속해. 그 손을 절대 놓지 않겠다고."

"절대 마리카의 손을 놓지 않겠어."

"정말이지?"

"정말이야. 그러니까 그만 말해. 가만 있어!"

알았어. 그만 말할게.

말하고 싶어도 입안에 피가 고여. 자꾸 고이고 있어.

아아, 마리카.

그녀가 보인다.

울고 있어? 울지 마.

잠깐이었지만, 하룻밤이었지만, 연인이 돼서 기뻤어.

신고. 즐거웠어. 여러 가지 멍청한 짓도 같이하면서 말이야. 넌
이러니저러니 해도 괜찮은 녀석이야.

그래. 그렇게 손을 잡고 있어.

잘됐어.

진심이야.

약속 지켜라, 신고.

들립니까?

"아아, 바쿠."

유감스럽게도 당신 생명의 등불은 이제 곧 꺼집니다.

"응, 그런 것 같은데."

어떠셨습니까? '택하지 않았던 인생'을 다시 살아보니.

"잘한 거 같아."

그렇습니까? 좀 물어봐도 될까요?

"무엇이든지."

이번 인생에서 당신이 선택한 지점은 어디였습니까?

"아아, 너는 모르나봐."

네.

"지난 인생에서 사고를 당한 건 신고였어."

그랬군요.

"그래서 이번에는 신고 대신 내가 지갑을 가지러 갔던 거였어.

그렇게 되기를 바랐어. 그 지점이 내가 선택한 '택하지 않았던 인생'이야."

아주 짧은 순간이었군요. 시간으로 치면 1, 2분에 불과합니다.

"괜찮아. 내가 결정한 거니까."

왜 자신이 사고를 당하려고 했습니까?

"아니, 사고를 당하려고 한 건 아닌데."

아닙니까?

"지난 인생에서는 그 뒤로 마리카와 사귀었지만, 결국 잘 안 되고 1년도 채 되지 않아 헤어졌어. 당연한 거지."

왜죠?

"우리는 신고를 배신한 채로 연인이 되었어. 그 배신을 숨긴 순간에 우리 눈앞에서 신고가 죽었지. 상처를 짊어진 두 사람이 그 상처를 보듬으며 서로 다가갔지만, 다가가면 갈수록 그 상처가 커지는 거야. 그래서 상처를 보듬는 일에도 지쳐버린 거지."

이해됩니다.

"마리카는 나와 헤어지고 4년쯤 지나서였을까, 스물일곱 살에 자살했어."

왜죠?

"일과 복잡한 집안 사정 등 겉으로는 여러 가지 이유가 있었던 모양이야. 하지만 나 같은 남자와 엮여서인지도 몰라. 나와 엮이고 신고와 헤어져서인지도 모르겠고, 신고가 죽었기 때문인지도 모르겠어. 내가, 내가 더 마리카를 받아들였다면 그런 일은 없었을지도 모르지. 혹은 그날 내가 마리카를 안지 않았다면 신고가 사고를 당하지 않았을지도 모른다고 생각했어. 정말 얼마나 후회했는데. 오랫동안. 그야말로 죽을 때까지 후회했어."

짐작이 갑니다.

"나는 지난 인생에서 신고와 마리카 모두 잃었던 거야. 잃었던 두 사람을 모두 되찾고 싶은데, 뭘 어떻게 해야 할지, 어디서 뭘 택해야 할지 생각해도 모르겠더라. 그래서 일단 신고가 죽지 않는 걸 선택한 것뿐이야."

그 대신 당신이 사고를 당했습니다.

"생각해보면 그렇게 된 거지."

하는 수 없었습니다. 그 순간의 당신에게 이전의 기억은 없었으니까요.

"그래."

마리카 씨와 하룻밤을 보내지 않는 선택도 있었습니다. 그렇다면 두 사람이 계속 잘 사귀었을 수도 있고, 신고 씨가 죽지 않았을지도 모릅니다.

"그렇지. 하지만 그때 마리카는 그것을 바랐고, 나도 그게 필요하다고 생각했던 게 사실이야."

그거라니요?

"신고 이외의 남자를 아는 거. 마리카의 마음속에 있는 속박 같은 걸 풀어주고 싶었어. 솔직히 말하면 그저 함께 밤을 보내고 싶었던 거겠지만."

아니면, 그 커피하우스에서 마리카 씨를 기다리지 않는 선택을 할 수도 있었을 텐데요.

"있었지."

왜 그걸 선택하지 않았습니까?

"왜일까? 모르겠어. 하지만 역시 눈앞에서 친구가 죽는 게 가장 괴로웠던 거지."

그랬습니까?

"실은, 아니야."

네?

"그건 변명일지도."

변명이요.

"분명 나는 마리카를 좋아했어. 처음 만났을 때부터 마리카는 신고의 여자였고, 나도 나미코가 있었어. 그래서 어떻게도 하지 못했지만, 실은 줄곧 좋아했던 거야. 그래서 마리카를 기다리고 싶었어. 안고 싶었어. 갖고 싶었어. 그리고 마리카와의 일을 추억으로 남기고 싶었어. 그게 솔직한 마음인 거 같아."

잘 알았습니다.

"하지만 잘됐어. 정말 잘됐어. 생각지도 않았던 두 번째 인생에서 이렇게 빨리 죽게 됐지만 그 덕분에 신고와 약속도 하고. 후회하지 않아. 전혀 안 해."

그런 거 같아서 저도 안심입니다.

"바쿠."

네.

"앞으로 두 사람이 잘해나갈까? 신고가 약속을 지킬지, 마리카가 자살하지 않을지 알 수 없어?"

당신이 그렇게 바랐으니까 두 사람 모두 행복해질 겁니다. 그렇게 믿으세요. 저도 그러기를 바랍니다.

"그렇구나, 고마워."

네.

"다시 한 번 다른 선택을 할 수는 없어?"

유감스럽게도 없습니다. 이제 곧 당신과 헤어져야 합니다.

"이제 못 만나는 건가?"

누구를 말하는 겁니까?

"너 말이야."

저 말입니까?

"그래."

그건 저도 모릅니다.

"바쿠."

네.

"너는 이렇게 죽어가는 사람 앞에 항상 나타나는 거야?"

말할 수 없습니다.

"이상한 말인데, 너, 마리카와 닮았어."

그럴지도 모릅니다.

"마지막에, 마지막에 너를 만나서 다행이야."

감사합니다.

"잘 가."

안녕히 계세요.

그럼 이만.

끝났습니까?

네.

이게 당신이 바란 것입니까?

네, 신고도 만났어요. 그리고 겐지도요.

전체적으로 걸 말은 괜찮았다고 생각하는데, 어떻습니까?

그런 거 같아요. 잘됐어요.

당신이 스스로 목숨을 끊은 지 45년. 이제야 원래 가야 했던 곳으로 갈 수 있겠군요.

그럴 거 같아요. 감사합니다.

저에게 인사할 필요는 없습니다. 추억은 가졌으니까요.

이제 헤어지는 거예요?

그렇습니다.

겐지도 물었지만, 또 만날 수 있나요?

유감스럽게도 없습니다.

그럼 안녕히 가세요.

안녕히 계세요. 그럼 이만.

저는 추억을 먹습니다.

선한 사람의 추억을 갖는 대신에 즐거운 꿈을 만듭니다.

인생에서 마지막으로 눈을 감을 때, 행복한 꿈을 꾸게 됩니다.

무엇을 바랄지는 자유입니다. 어떤 것이든지.

당신이 그걸 바란다면.

J

들립니까?

"누구죠?"

이제 곧 당신 생명의 등불은 꺼집니다.

"아직 안 죽은 건가요?"

아직 생명의 등불은 꺼지지 않았습니다. 아직은 괜찮습니다.

저는 그냥 바쿠라고 불러주십시오.

"바쿠라면 흔히 악몽을 먹는다는 그 전설 속 동물 말인가요?"

네, 엄밀히는 아니지만 비슷하다고 생각하시면 됩니다.

"바쿠라."

네.

"그러면 이건 소위 주마등 같은 건가요? 죽기 전에 보게 된다는 꿈 말이에요."

꿈이 아닙니다. 저는 죽음을 앞둔 당신의 마지막 등불에 말을 걸고 있는 겁니다. 현실이라고 하기엔 좀 어폐가 있지만 틀림없이 당신 인생에서 일어나고 있는 일입니다.

"그렇군요. 죽을 때는 이런 일도 일어나는 거라고 생각하면 되나요?"

네. 그렇게 생각하면 됩니다.

"그래서, 바쿠 씨."

그냥 편하게 이름만 부르셔도 됩니다.

"그건 안 됩니다."

그렇습니까?

"그게 내 원칙이었으니까요. 절대 이름만 함부로 부르지 않는다는 거 말입니다."

알겠습니다.

"그렇다면 바쿠 씨는 내 꿈을 먹으러 온 건가요? 이제 곧 죽을 텐데 꿈도 꾸나요?"

저는 꿈은 먹지 않습니다. 당신 인생의 '추억'을 먹습니다.

"추억이요?"

어디까지나 비유인데, 그런 비슷한 겁니다.

"추억이라. 어차피 죽으면 추억도 없어질 테니 그렇게 해도 괜찮을 것 같은데."

모든 '추억'이 아닙니다. 만약 주신다면 교환조건도 있습니다.

"교환조건?"

만약 당신이 지난 인생의 '추억'을 주신다면 대신 저는 다시 한 번 당신 생명의 등불을 켜드립니다. 계속 인생을 살아갈 수 있는 거죠. 자신이 한 번 죽은 것도 알지 못하고 다시 살아가는 겁니다.

"다시 태어난다는 건가요?"

그것과는 다릅니다.

"그럼 뭐죠?"

돌아가고 싶은 날을 선택하게 됩니다.

"돌아가고 싶은 날을요?"

2만일이 넘는 당신 인생 중에서 하루, 죽을 만큼 후회한 날은 없습니까?

"후회요?"

반드시 있을 겁니다. 아무리 뉘우쳐도 모자랄 정도로 후회가 되는 단 하루가. 당신은 그날을 선택해서 더 이상 후회하지 않도록 행동할 수 있습니다.

"오호."

물론 후회가 없다면 다시 돌아갈 수 없습니다. 즉 '여기서 이걸 선택하면 평생 후회한다'는 생각만 가지고 삶으로 돌아갈 수 있다는 말입니다. 다른 기억은 갖지 못합니다. 다시 그 상황이 오면 직감 같은 걸 느끼는 거죠.

"아하. 그러면 그 순간부터 지난 '추억'은 당신이 갖는 건가요?"

네. 이해력이 정말 탁월하시군요.

다만 인생이 어떻게 전개될지는 아무런 보장도 못합니다. 그 후회를 지우고 다시 한 번 사는 것이기 때문에 변화는 일어날 것입니다. 그리고 당신이 그 인생에서 다시 눈을 감을 때 저를 포함해서 모든 것이 기억날 것입니다. 그때 한 번 더 살았던 것을 후회할 수도 있습니다.

"아하. 그날 했던 후회를 지움으로써 다음 인생에서 더 큰 후회를 낳을 가능성도 있다는 거군요?"

그렇습니다.

"도박과 비슷하군요."

그렇게 비유할 수도 있습니다.

"알았어요, 무슨 말인지."

물론 이 제안을 받아들이지 않아도 됩니다. 후회와 슬픔이 많았다고 해도 그만큼의 기쁨과 행복을 얻었을 테고, 그동안 당신은 자신의 인생을 다 살았고 마지막에 숨을 거두는 거니까요. 그걸 헛되게 하지 않아도 됩니다.

"후회라."

그렇습니다.

"아무 때나 되는 거죠? 지난 인생 중에서."

네.

"아무리 작은 후회라도 괜찮고요?"

네. 구체적으로는 그때 바닐라아이스크림을 먹었지만 역시 초콜릿아이스크림을 먹을 걸 그랬다는 것도 괜찮습니다. 그 선택을 당신이 정말로 후회하고 있다면요.

"알았어요."

당신이 가장 후회한 날로 돌아가겠습니까?

"그럴까. 아니, 부탁할게요."

그러면 그게 언제인지 가르쳐주시겠습니까? 그때 했던 후회를 되풀이하고 싶지 않다고 바라는 그날을요. 최대한 구체적인 연도와 날짜를 알려주십시오.

"아아, 그러고 보면 대략 언제쯤으로 돌아가는 건가요? 그날 아침으로 돌아가는 건가요?"

반드시 그렇지는 않습니다. 경우에 따라 다르지만, 대개 허둥거리지 않고 그 사태를 넘길 수 있는 시간대로 돌아갑니다.

"알았어요. 돌아가고 싶은 날은 1980년 12월 9일이에요."

그날은 아마도.

"그래요."

그 사람.

"존 레논이 죽은 날이에요."

"자, 사연을 읽어볼까요. 음, 이번에는 이타바시 구에 사는 닉네임 '욧코' 씨가 보내셨네요."

가자 아저씨, 안녕하세요. 오늘 밤도 음메음메인가요?

"네. 안녕하세요오. 물론 음메음메죠. 그런데 도대체 언제 적 유행했던 말을 쓰고 있나요, 욧코 씨."

저는 열일곱 살 여고생입니다. 자랑은 아닌데, 흔히들 말하는 진학교(상급학교의 진학률이 높은 학교-옮긴이)에 다니고 있어요.

"음, 그런 건 말이죠. 실컷 자랑해도 되는 거예요. 얄밉게 자랑하는 게 아니라, 자신감을 가질 수 있게 자랑하는 거죠. 자랑할 수 있는 부분을 내면에 간직하게 되면 아우라 같은 게 생기거든요. 아무튼 그건 그렇고."

벌써 12월이네요. 추위를 잘 타는 가자 아저씨는 이제 좀 괴롭겠어요. 저희 3학년들은 이제 입시까지 카운트다운을 시작했어요. 이런 말을 하기에도 벌써 늦었네요. 요맘때가 되면 컨디션 조절에 집중해야 한다느니, 이제와 공부해도 늦는다느니 말이 많아요. 그거야 이쪽 학교에 왔으니 어쩔 수 없다고 각오하고 있지만요.

"그래요. 벌써 입시철이네요. 저도요, 젊었을 때에는, 벌써 20년이나 지났지만, 수험생이었던 적이 있었습니다. 각오를 해야 해요. 피디님이 고개를 끄떡이시네요. 저 분은, 숨길 게 뭐가 있겠어요, 고학력인데. 네? 각오했냐고요? 저요? 으아, 정말이지 계속 각오만 하다 끝났답니다. 음, 그런데 결국 그런 건 별로 상관없었어요. 이렇게 뮤지션이 됐으니까요.

힘들다는 건 각오하고 있었는데, 한 선생님이 어쩌나 심하게 말씀하시는지 매일 눈물범벅이에요. 저렇게까지 말씀하지 않으셔도 되지 않을까 하는 생각이 들 정도예요.

"오호. 엄한 선생님이 계시나보네요. 너무한 것과 엄한 건 좀 다른가요? 요즘에는요, 뭐랄까, 말도 안 되는 선생님도 계신 거 같더라고요. 이 선생님은 어느 쪽일까요."

힘들 때는 가자 아저씨의 노래를 듣고 스스로 위로하고 있어요. 가자 아저씨의 음악이 지금의 제게는 유일한 위안이에요. 앞으로도 열심히 해주세요. 저도 열심히 할게요.

"네, 감사합니다. '욧코' 씨. 저도 열심히 할 테니까 욧코 씨도 열심히 하세요. 입시는요, 길고 긴 인생에서 아주 짧은 시간에 불과해요. 결과가 좋지 않더라도 열심히 노력했다는 건 인생을 살아가는 데 밑거름이 되지요. …이제 정말 12월이네요. 이맘때가 되면 학창시절과 관련해서 꼭 생각나는 일이 있어요. 고등학교 시절의 추억이죠. 죽을 때까지 잊지 못할 하루가 또 생각나네요. 엄한 선생님 이야기가 나오면 특히나. 실은 그날이 있었기에 지금의 제가 있는 것이거든요."

• • •

학교에 가려는 마음이 완전히 사라졌다.

그뿐 아니라 세수를 하자, 양치를 하자, 밥을 먹자, 같은 의욕도 전부 사라졌다. 아무런 생각도 나지 않았다.

텅 비었다.

정말 텅 비었다.

내 안에서 모든 게 사라진 것처럼.

만약 혼자 살았다면 그대로 침대 속에서 몇 시간이고 보냈을 것이다. 하지만 나는 고등학생이고 3학년이고 진학교 학생이라서 공부할 게 많다. 그리고 나는 우등생이다.

엄마는 아무리 기다려도 내가 일어나기는커녕 대답도 하지 않자, 걱정이 되셨는지 방문을 두드리셨다. 그래도 대답이 없자 문을 벌컥 여셨다.

"유이치? 왜 그러니?"

대답을 할 수 없었다. 왜냐하면 난 텅 빈 껍데기니까.

"어디 아프니?"

엄마를 보지도 않았다. 내 몸이 반응을 보인 건 엄마가 열이 있는지 확인하러 내 목덜미에 손을 갖다 댔을 때였다. 거의 조건 반사처럼 일어나서 계단을 내려갔다.

습관적이었다.

아침에 계단을 내려가서 화장실에 가고 밥을 먹고 이를 닦고 세수를 한 다음 옷을 갈아입고 학교에 간다.

이 모든 걸 나는 그저 습관적으로 했고, 마침내 집을 나섰다.

어디선가 '이매진'이 들렸다. 학교로 향하는 것도 다리가 움직이는 것도 그저 매일 하던 걸 되풀이하고 있을 뿐이었다. 나는 아무 생각도 하지 않았다. 머릿속에는 단 하나의 문장만이 소용돌이 치고 있었다.

존이 죽었다.

내 안에서 또다시.

• • •

존 레논의 이름을 의식한 건 중학교 2학년 때다. 발렌타인데이에 처음으로 초콜릿을 받았다.

여자 선배였다. 잘 알지도 못하는 3학년 선배. 그 선배가 내게 초콜릿과 레코드판을 주었다.

존 레논의 '이매진'.

기뻤지만, 이걸 왜? 라고 생각했다. 방과 후, 학교 운동장 한구석에서 분명히 나는 그런 표정을 짓고 있었을 거다. 낯은 익었지만 이야기를 나눈 적은 없었다. 더구나 약간 귀염성 있게 생긴 선배가 왜 나한테 이걸? 이라는 생각을 했던 것이다.

"저기요."

"응?"

"혹시 다른 사람과 착각한 거 아니에요?"

선배는 풋 하고 웃음을 터뜨렸다.

136

"가지야마 유이치, 맞지?"

"네."

"기억 안 나니? 이거 충격인데."

"네?"

"여름방학 때 니노마루 공원에서."

"아아."

맞다. 생각이 났다.

그 무렵 나는 공원 입구에 있는 도서관에 매일같이 공부하러 다녔다. 냉방이 잘돼 있어서 시원했기 때문이다. 집에 돌아가는데 공원에서 포크기타 소리가 들렸다. 부드러운 여자 목소리도. 맞다, 그 여자가 바로 이 선배였다.

그때 개 한 마리가 달려왔다. 어디서 도망쳤는지 끊긴 체인을 달고 있었다. 종류는 알 수 없었지만 상당히 큰 개였다. 덤벼든 건 아니었고, 기타 소리에 반응했다는 게 맞을 거다. 개가 선배에게 달라붙었다.

"나, 커다란 개는 좀 무서워서."

개는 즐겁다는 듯 격하게 달라붙어서 그녀의 셔츠 소맷부리를 물고 잡아당겼다. 우리 집에는 던이라는 셰퍼드가 있었다. 그래서 개를 다루는 일에는 익숙했다. 결국 내가 나섰다.

흥분해 있는 개의 체인을 잡아끌며 진정시켰다. 사람 손을 탄

개였기에 금방 온순해져서 앉았다.

"기타 소리를 좋아하는 거예요."

"뭐?"

"노래를 불러주면 얌전히 듣지 않을까요?"

선배는 무서워 떨면서 조심스럽게 벤치에 앉아 다시 노래를 부르기 시작했다. 개는 쓰다듬는 내 손길에 몸을 맡긴 채, 혀를 쑥 내밀고 헉헉거리며 앉아 있었다. 정말로 노래를 즐기는 것처럼 가만히 듣고 있었다.

곡은 귀에 익었지만 제목이 떠오르지 않았다.

"제목이 뭐예요?"

선배는 빙긋 웃으며 대답했다.

"존 레논의 '이매진'이야."

선배의 이름은 하카마다 미나미였다.

"부담스럽니?"

"아, 아니에요."

미나미 선배가 활짝 웃었다.

"이제 좀 있으면 졸업이고, 제대로 내 마음을 전하고 싶어서."

나는 고맙다며 초콜릿과 레코드판을 받았다. 그날 처음으로 의식했다. 존 레논과 여자, 미나미 선배를 말이다.

비틀즈라는 존재는 내게 한때 엄청난 밴드였다는 과거사실에 불과했다. 처음 들은 건, 아니 이게 비틀즈구나, 라고 생각한 건 중학교 1학년 음악시간에 '예스터데이'를 불렀을 때다. 음악교과 서 부교재에 실려 있었다. 모두 다같이 불렀다. 모르는 곡인데 어 떻게 부를 수 있는 걸까, 하며 신기해했을 정도로 익숙했다.

그것은 어릴 때부터 주변에 계속 비틀즈의 음악이 존재했기 때문이었다. 우리에게 비틀즈의 노래는 당연한 것이었다. 텔레비 전, 라디오, 거리에서 비틀즈의 음악은 어디서든 흘러나왔다.

- **The Long and Winding Road**
- **Let It Be**
- **Get Back**
- **Hey Jude**
- **All You Need Is Love**
- **Yesterday**
- **Help!**
- **She Loves You**

어떻게 아는지 이해가 안 될 정도로 많은 노래를 알고 있었다. 음악에 전혀 흥미가 없는 사람이라도 어떤 식으로든 듣고 있었다. 나는 비틀즈가 싫지 않았다. 아마도 좋아했던 것 같다. 그렇다고 특별히 뮤지션이 되고 싶은 마음은 없었다. 그때까지 비틀즈의 음악은 그저 듣기에 기분 좋은 것에 불과했다.

그런데 미나미 선배와 사귀기 시작하면서 그 마음이 완전히 달라졌다. 세상이 180도 바뀐다는 게 바로 이런 거라고 생각될 정도였다.

뭐랄까. 그동안은 단순히 카레라이스라고 인식하며 먹는 정도였는데 갑자기 카레라이스의 절묘한 매운 맛과 건더기의 맛을 단번에 깨달은 상태와 비슷하다고나 할까.

미나미 선배와 함께 지내면서 나는 점점 음악, 비틀즈, 존 레논에 빠져들었다.

나와 미나미 선배는 다른 고등학교에 다녔다. 유감스럽게도 미나미 선배는 평범한 고등학교, 이렇게 말하면 좀 미안하지만 고교시절을 즐기면서 보내도 전혀 지장 없는 수준의 학교에 다니고 있었다. 그리고 내가 다니는 곳은 현 내에서도 손꼽을 정도의 진학교였다.

그래도 방과 후나 쉬는 날에는 항상 미나미 선배와 함께 보냈다.

나는 매일 밤 9시가 넘어서야 학원에서 나왔다. 미나미 선배는 단골 라이브하우스 겸 찻집을 즐겨 찾았는데 거의 아르바이트생이나 다름없었다. 그래서 나도 매일 밤 그곳에 얼굴을 내밀었고 미나미 선배와 함께 집으로 걸어가거나 잠깐씩 선배의 집에 들르기도 했다.

집안 사정이 약간 복잡해서, 선배는 부모님 집 근처에 있는 작은 아파트에서 혼자 살고 있었다. 본가에는 아버지와 계모가 있었지만 선배와는 사이가 좋지 않았다. 그래서 계모가 전에 살던 아파트를 물려받아 사용하고 있는 듯했다.

나는 미나미 선배에게 우리 집에 오라고 하지 못했다. 물론 미나미 선배도 오려고 하지 않았다. 나쁘게 말하면, 자유분방한 여자, 그게 선배였으니까. 절대 우리 아버지나 엄마를 만나려 하지 않을 거라는 걸 알았다. 물론 미나미 선배의 자유분방함은 나쁜 쪽이 아니었다. 오히려 현명함과 순진함이 결합된 듯한 느낌이었다. 다시 말해, 선배는 주변에 흔치 않은 여자였다.

그래서 나는 의외랄 정도로 풍만한 미나미 선배의 육체를 빨리 알게 되었다. 하지만 미나미 선배는 어른이었다. 내가 빠져드려는 걸 딱 잘라 제지시켰다. 일류대를 목표로 해야 하는 내가 자신의 영역에 발을 들여놓지 않도록, 표현이 좀 안 좋지만, 나를 관리해줬다.

우리 두 사람 사이에는 항상 비틀즈와 존 레논의 음악이 흐르고 있었다.

꿈을 꾸었다.

미나미 선배는 언젠가 가수로 데뷔하고 싶어 했다. 아니면 자신의 가게를 열어서 하루 종일 음악을 들으며 커피를 내리고 싶어 했다.

나에게 음악적 재능은 없었다. 미나미 선배에게 기타를 배웠고 작곡을 하는 즐거움도 깨달았지만 프로는 무리라고 생각했다. 그래서 좋은 대학에 가서 목표를 찾고 어엿한 일을 해서 미나미 선배의 꿈을, 선배를 응원하고 싶었다.

우리는 미나미 선배의 방에 놓인 싱글침대에서 집에 갈 시간을 신경 쓰며 그런 이야기를 나누었다. 서로에게 약속했다.

내가 고등학교 3학년이 되고 미나미 선배가 졸업한 후 본격적으로 찻집에서 일하기 시작했을 때도 우리의 마음은 변하지 않았다. 오히려 나는 열심히 공부해야 한다는 결심을 굳혔다.

그런데.

• • •

그날 나는 의외의 조합을 눈앞에서 목격했다. 걸음이 절로 멈춰졌다. 다행이 두 사람은 나를 알아채지 못하고 그대로 지나쳤다. 내가 본 사실을 알면 가지야마 유이치는 매일 학교에서 날 볼 때마다 거북해할 것이다.

반면 미나미 양은 훗 하고 웃으면서 약간 부끄럽다는 듯 혀를

날름하지 않았을까. 그 애는 그런 성격이다.

학교 성적은 그렇다 쳐도 밝고 착한 여학생이다. 뿐만 아니라 다람쥐처럼 얼굴에서 애교스러움이 묻어났다. 어머니를 닮아서였다. 그 집 아버지도 제 엄마를 닮아서 다행이라는 말을 한 적이 있었다.

우리 집과는 두 집 건너 이웃이다.

"모르겠지."

가지야마 유이치는 설마 담임인 내가 자신의 여자 친구를 태어났을 때부터 알고 있으리라고는 상상도 못할 것이다.

"모르는 게 약인가."

언젠가 알게 될지도 모르지만 그때까지 모르는 척하는 게 좋을 것이다. 그렇지 않아도 감수성이 예민한 시기다. 고지식한 담임이 여자 친구의 이웃 아저씨라는 사실을 알면 더더욱 마음을 터놓을 수 없을지 모른다.

"그야 물론."

마음을 터놓지 않아도 된다. 나는 교사다. 내 일은 가르치는 것이지 지도하는 것이 아니다.

옛날에는 아마 달랐을 것이다. 사실 나는 내 담임선생님의 지도로 이 길을 택했다. 선생님 같은 선생님이 되고 싶어서.

그렇다. 옛날에는 '선생님'이었다. 먼저 태어나서 인생을 깨닫고 면학과 함께 어떻게 살아야 하는지 제시해주는.

지금은 다르다.

교사다. 공부를 어떻게 하고 어떻게 하면 성적이 오르며 어떻게 하면 시험에서 좋은 성적을 내고 좋은 학교에 진학할 수 있을지를 가르친다.

학생들과 마음을 터놓는 거야 아무렴 상관없다. 상황에 따라서는 수업하기 편해질 수도 있고 공부 의욕이 높아지기도 한다. 하지만 너무 친해지면 학생들이 경쟁심을 잃을 수도 있다.

신뢰는 양날의 칼이다.

신뢰를 얻을 자신이 없다면 신용만 얻으면 된다. 이 교사가 가르치는 대로 공부하면 좋은 점수를 받는다는 신용만 있으면, 내 할 일은 충분히 다한 것이다.

"그건 그렇고."

그 가지야마 군이 미나미 양과 그런 사이라니.

"음."

집에서 식사를 하다가 다시 그 장면이 떠올라 나도 모르게 신음 소리를 냈다.

"왜 그래요?"

"어? 어어."

하나에가 물었다. 같은 일을 하기에 숨기는 것은 거의 없다. 서로 상대방의 생각을 존중하며 별 탈 없이 지내왔다. 어쩌다보니 자식이 없지만 학생들이 자식이라고 생각하면 쓸쓸하지 않았다.

"미나미 양은."

"미나미?"

하카마다 미나미요? 라는 물음에 나는 고개를 끄떡였다. 우리 반 남학생이 미나미 양의 집으로 들어가는 걸 봤고, 문이 채 닫히기도 전에 서로 키스하는 모습을 목격했다고 말했다.

"어머나."

하나에의 밝은 웃음은 학생들에게도 인기가 있었다. 나와는 교육방침이 정반대다. 다른 건 다른 대로 인정한다. 밝은 성격과 숨김없는 태도는 하나에의 훌륭한 무기다. 공부가 아이들의 미래를 밝게 비춰주지 않는다는 사실은 알고 있다. 그렇기 때문에 하나에 같은 교사도 필요한 것이다.

"좀 이른 감이 없지 않아 있네요."

"그렇지."

고등학교 때 그런 걸 알게 되는 학생들이 있다. 어쩔 수 없는 일이고 그 또한 인격을 형성하는 데 중요하다. 개인에 따라서는 인간적으로 크게 성장하기도 한다.

하지만 젊음으로 인한 한때의 일탈로 끝나기도 한다.

"어떡할 거예요?"

"어쩌긴 뭘 어쩌겠어."

"내버려둬요?"

고개를 끄떡했다. 상관할 일이 아니다. 그리고.

"미나미 양이라면 괜찮을 거야."

하나에도 빙긋 웃으며 고개를 끄떡였다.

"그 애라면 괜찮을 거예요."

똑똑한 애다. 물론 요즘 애들 특유의 경솔함은 지녔다. 그 경솔
함이 고등학교 때 그런 식의 일탈 행동으로 나타나는 것이다. 하
지만 그 애는 근처 악동들의 머리를 쥐어박으며 야단치고, 길거
리의 쓰레기를 주우며, 나이 든 사람들의 짐을 역까지 들어다주
는 등 착하고 강한 면모를 지녔다. 훌륭한 학생이다. 그 애는 복
잡한 집안 사정도 즐기며, 인생을 예찬했다.

"오히려 당신 반 학생한테는 잘된 일 아니에요?"

"내심 그러기를 바라지."

그 후로 가지야마 군을 지켜봤다. 확실히 그는 좋은 방향으로
변하고 있었다. 바라던 바다. 원래 마음씨 착한 소년이었는데 거
기에 강인함이 더해진 것 같았다. 바로 이것이 누군가를 좋아한
다는 것이다. 누군가를 위해서 무언가를 하고 싶어지면 확연한
의지가 생긴다.

그 의지가 가지야마 군의 성적에도 영향을 주었다.

바람직한 일이다. 이른바 여자 친구가 생긴 남학생들의 패턴 중에서도 가장 좋은 방향으로 흐르는 것 같았다. 그 뒤로 두 사람의 모습은 몇 차례 더 눈에 띄었다. 일요일에 근처 다리 옆에서 기타를 안고 노래 부르는 두 사람의 모습을 미소를 띤 채 바라본 적도 있었다. 그리운 감정이 함께 일었다.

내가 이런 말을 입 밖에 내는 일은 절대 없겠지만, 사랑이 있으면 사람은 어떻게든 되는 법이다. 사랑을 정의하지는 못한다. 사람마다 사랑에 대한 생각은 다르다. 사랑의 형태도 다르다.

하지만 생각과 형태가 다르더라도 사랑은 유일한 힘이 된다.

그걸 배우고 가르치는 건 쉬운 일이 아니다.

사랑은 누군가에게서 가르침을 받아 아는 게 아니라 느끼는 것이다. 그래서 나는 학생들에게 사랑과 우정을 가르치지 못한다.

교과서로 가르칠 수 있는 게 아니다.

사랑은 힘이 된다. 다소 이르지만 가지야마 군과 미나미 양이 장차 행복하기를 바라고, 그것만큼은 실패하지 않기를 바란다.

하지만.

운명은 분명히 존재한다.

신은 왜 젊고 아름다우며 강인하지만 덧없는 목숨을 앗아가는가.

왜 미나미 양이.

죽어야 했던 걸까.

･･･

견딜 수 있었다.

열심히 노력했다.

그녀가, 미나미 선배가 이제 이 세상에 없다는 사실을 견뎌냈다. 두 번 다시 그 웃는 얼굴을 못 본다는 것도, 부드러운 손을 잡지 못한다는 것도, 침대 안에서 서로 껴안지 못한다는 것도 참아냈다.

내가 견뎠다.

항상 미나미 선배가 불러주던 존 레논의 노래를 듣기가 너무나도 괴로웠다. 하지만 역시 존 레논의 노랫소리가 내 안의 무언가를 흔들었다. 살아야 한다. 그녀의 몫까지 강하고 또 강하게 살아야 한다고 가르쳐주었다.

아무도 그런 말을 하지 않았지만, 나는 알았다. 그렇게 생각했다. 그래서 줄곧 노력했다.

그런데 다시 존 레논이 죽었다.

이번에는 정말로.

내 안에 남아 있던 그녀가 정말로 사라졌다.

･･･

여느 때보다 일찍 학교에 간 건 걱정되었기 때문이다. 어제의 그 뉴스가 음악을 좋아하는 몇몇 아이들에게 영향을 주었을까 염려되었다.

특히 가지야마 군이 걱정되었다.

가지야마 군이 비틀즈, 특히 존 레논에 심취해 있다는 건 알고 있었다. 모두 미나미 양의 영향이라는 것도 하나에를 통해 정보를 얻었다. 하나에는 교사이면서 이웃들 사이에서는 주부였다. 주부들의 정보망을 얕잡아보면 안 된다. 하나에는 낮에 집에 없으면서도 어떻게 그처럼 교류할 수 있는지 신기할 정도로 이웃들과 친했다.

미나미 양이 가수를 꿈꾼다는 사실, 존 레논을 좋아한다는 사실, 그리고 가지야마 군이 그 영향을 엄청나게 받고 있다는 사실도 모두 하나에가 이웃 주부들을 통해 얻은 정보다.

나는 가지야마 군이 미나미 양의 죽음을 견뎌낸 일도 알고 있었다. 그 정도는 평소 수업 태도를 보면 안다. 가지야마 군은 안쓰러울 정도로 씩씩하게 사랑하는 사람을 잃은 슬픔과 상실감을 극복하고 학업에 전념하고 있었다. 아주 훌륭했다.

마음만 먹으면 가지야마 군을 방과 후 교실에 남게 할 수 있었다. 단 둘이 앉아서 내가 미나미 양을 잘 알고 있었다는 사실, 일이 그렇게 되어서 나도 슬프다는 사실을 전할 수 있었다. 그리고 잘 견뎠다며 어깨를 다독여줄 수도 있었다. 사랑하는 사람의 죽음은 어른도 견디기 힘들 정도로 고통스럽다. 그걸 아직 어린 나이에 잘 이겨냈다고 칭찬해줄 수 있었다.

하지만 하지 않았다. 내 교육방침이 아니기 때문이었다. 애당초 나는 키우는 인간이 아니다. 공부를 가르치는 인간이다.

이번에는 어떨까.

가지야마 군은 존 레논의 죽음을 견뎌낼 수 있을까.

아무 일도 일어나지 않았다면 걱정할 것도 없다. 아무리 뮤지션에 심취해 있더라도 그 뒤를 좇는 건 아주 광적인 팬들뿐이다.

뮤지션은 자신이 세상에 알려질 때까지 결코 죽으려 하지 않는다. 죽음을 고려할 때는, 자신이 세상 사람들에게 영원히 남는 방법을 고뇌했을 때뿐이다. 그런 법이다.

하지만 가지야마 군에게 존 레논은 곧 미나미 양이었다.

그는 또다시 사랑하는 사람을 잃었다.

• • •

자리에 앉아 있다는 건 알고 있었다. 교실 안이라는 것도 느꼈다.

하지만 그 순간에 왜 내가 여기 있는 거지? 라고 생각했다. 그 의문이 머릿속을 빙글빙글 돌아다녔다.

'이매진'이 들렸다. 존이 아니라 그녀, 미나미 선배의 목소리였다.

이제 곁에 아무도 없는데 왜 나는 여기 있는 걸까? 왜 살아 있는 걸까? 앞으로 무얼 하며 살아야 하는 걸까? 그럴 필요가 있을까?

내가 왜 아직도 이곳에 머물러야 하는 걸까. 공부할 필요도 없다. 노래를 만들어도 아무도 들어주지 않는다. 함께 불러줄 사람도 없다. 계속 등을 바라보며 서 있고 싶었던 사람은 이제 멀리 가버렸다.

그 두 사람, 존 레논과 미나미 선배는 같은 곳으로 가버렸다.

그러면 나도 가면 되지 않을까.

누가 나를 불렀지만 개의치 않았다. 상관없었다. 더 이상 그곳은 내가 있을 곳이 아니었다.

• • •

"결석은 가지야마 군, 한 명인가?"

학생 몇 명이 고개를 돌려 주인 없는 자리를 쳐다봤다. 결석한다는 연락은 없었다. 가지야마 군의 집안은 평범하고 화목하다. 결석한다는 연락을 잊을 리가 없다. 무엇보다 그는 아팠을 때 이외에는 결석은커녕 지각 한 번 하지 않았다.

"선생님."

"뭐지?"

바로 앞에 앉아 있는 미타니 군이 손을 들었다.

"가지야마, 있었어요."

맞아, 있었지? 응, 어디 갔지? 라는 소리가 여기저기서 들렸다.

"화장실 간 거 아닐까요? 좀 안 좋아 보이던데."

가지야마 군과 가장 친한 무로이 군이 말했다.

"아까 교실을 나간 거 같아요."

뒷문 바로 옆에 앉아 있던 고시노 군이 말했다.

"알았다."

가능성이 없는 건 아니다. 배탈이 나서 조례 종이 울린 다음에 화장실로 뛰어갔는지도 모른다. 이 고등학교에서조차 쉬는 시간에 화장실에 가면 괴롭힘을 당하는 경우가 있다. 그래서 학생들 대부분은 조금 참은 다음 화장실이 비어 있을 수업 중에 손을 들었다. 땡땡이치는 학생도 있었다. 기본적으로 교사가 감당하기 버거운 학생은 없었지만, 컨디션이 안 좋다며 멋대로 조퇴하는 학생이 있기는 했다.

하지만.

예감이 안 좋았다.

그런데 곧 내 수업이 시작된다.

"무로이 군."

"네."

"미안하지만, 화장실 좀 가봐라. 있는지 확인만 하면 된다."

무로이 군이 약간 놀란 표정을 지었다. 주변에서도 희미하게 웅성거렸다. 내버려두면 된다. 돌아오지 않으면 그때 걱정하면 된다. 이게 평소의 나다. 그렇기 때문에 학생들이 웅성거리는 것이다. 하지만 무로이 군은 바로 "네" 하며 일어나서 나갔다. 무로이 군은 우수한 학생이다. 수업에 4, 5분 정도 늦는다고 해도 별 지장은 없다.

하지만 그 4, 5분이 내게는 한 시간, 두 시간 같았다. 등에서 불쾌한 땀이 배어나왔다. 무로이 군은 왜 이렇게 늦는 걸까. 숨을 헐떡이며 들어와서 "있어요"라고 웃으며 말해다오.

드르륵 문이 열렸다. 무로이 군이 돌아왔다.

"선생님."

"있더냐?"

"아무 데도 없어요. 남자 화장실 전부 찾아봤지만요."

"그래."

어쩔 수 없는 녀석이군. 땡땡이라도 친 건가? 라며 가볍게 넘기고 수업을 다시 시작하면 된다. 그게 평소의 나다. 수업이 끝난 다음에 가지야마 군의 집에 전화해서 있는지 확인하면 된다.

그러면 된다.

하지만.

존 레논이 죽었다.

사랑이란 살아가는 것이다.

"미안하지만 모두 자습해라."

교실을 뛰쳐나갔다. 분명히 학생들의 눈이 휘둥그레졌을 것이다.

• • •

죽으려는 생각 따위는 없었다.

살겠다는 생각도 없었다.

아무 생각도 하지 않았다.

나도 모르게 긴보시하시 다리에 와 있었다. 다리 밑 제방에 앉
아서 기타를 안고 있었다. 어떻게 내 방에서 기타를 들고 나왔는
지 기억도 안 났다.

"엄마는 어디 가신 걸까?"

내 목소리에 스스로도 놀랐다. 장이라도 보러 가신 걸까. 기타
는 왜 들고 온 걸까. 이런 거 쳐봤자 옆에 아무도 없는데. 마음속
에도 없는데.

사람이 죽음을 앞뒀을 때 이런 마음이 드는 걸까, 하고 생각한
다음 다시 한 번 놀랐다. 의외로 마음이 냉정해졌다. 심장이 두근
거리지도 않았고 여러 일들이 머릿속을 지나가지도 않았다.

그저 조용할 뿐이다. 모든 것이 쥐죽은 듯 고요하다. 나는 벌써
죽은 게 아닐까. 이곳에는 단지 내 육신만 있고 그저 그 육신을
처리하기 위한 의식만 남아 있다는 느낌이다.

기타를 옆에 내려놓았다.

가방은? 집에 놓고 온 걸까? 교실에 있을까?

어떻게 죽어야 좋을지 생각했다. 그녀의 곁에 가려면 어떻게 해야 할까. 이대로 강에 뛰어들면 나는 수영을 잘 못하니 죽을 것이다. 긴보시하시 다리 위에서 뛰어내리면 될까.

그런 생각을 하고 있었다. 전혀 무섭지 않았다.

미나미 선배의 곁에 가고 싶었다.

하지만.

갑자기 누군가가 구르듯 제방을 내려와 내 옆에 섰다. 아무렴 상관없었지만, 반사적으로 올려다보았다. 눈앞에 선생님이 보였다.

놀랐다.

놀랐다는 감정이 갑자기 내 안에서 폭발했고 그 순간 내 몸속에 피가 흐르고 있다는 걸 깨달았다. 그러한 사실에 또 한 번 깜짝 놀랐다.

이곳에 있다는 감각이 돌아왔다. 살아 있다는 걸 새삼 느꼈다.

"선생님."

선생님은 헉헉 하고 숨을 헐떡였다. 진정시키려는 듯 크게 숨을 들이쉬었다가 빙긋 웃으며 고개를 끄떡였다.

내 옆에 앉으려고 했고 무슨 말인가 하려 했지만, 내 옆에 놓인 기타를 발견하고는 잠시 동안 그것에 시선을 고정시켰다. 선생님은 다시 크게 숨을 들이쉬면서 약간 고개를 갸웃하며 생각에 잠겼다. 그러고는 앉으려다 말고 일어났다.

몇 차례나 심호흡을 반복했다.

그리고 내 이름을 불렀다.

"가지야마 군."

"네."

"선생님은 미나미 양을 알고 있었단다. 이웃이었거든. 미나미양 집에서 두 집 건너에 살고 있지."

또 놀랐다. 선생님이 미나미 선배네 이웃이라니.

"미나미 양이 태어났을 때부터 선생님은 미나미 양을 알고 있었단다. 계속 성장하는 모습을 지켜봤지."

선생님은 숨을 가다듬으면서 내게 고개를 끄떡해 보였다.

나는 말없이 선생님을 보고 있었다. 왜 선생님이 이곳에 오셨을까 생각하면서 말이다.

이유는 잘 모르겠지만, 한 가지만은 알았다.

선생님은 미나미 선배를 보면서 나를 같이 보고 있었다. 평소부터, 줄곧.

선생님이 기타를 집어 들었다.

"픽은 없니?"

깜짝 놀라 주머니를 뒤적였다. 있었다. 항상 어딘가에 들어 있었던 기타의 픽. 선생님은 픽을 받아서 갑자기 기타를 치기 시작했다.

놀랐다. 정말, 정말로 놀랐다.

존 레논의 '마인드 게임'.

말을 할 때의 쉰 목소리가 아니었다. 생기 있는 목소리로 소리 높여 노래를 불렀다. 나보다 기타를 훨씬 더 잘 쳤다.

몸 안에서 다시 힘이 솟는 걸 느꼈다. 오싹하니 소름이 돋았다.

이건, 이 마음은.

기쁠 때, 즐거울 때, 몸속 깊숙한 곳에서 솟아오르는 감정이다.

근사한 노래를 들었을 때 솟아나와, 기운을 북돋우는 감정이다.

돌아오라는 말을 들은 것 같았다.

마지막 코드를 마치고 선생님은 크게 한숨을 내쉬었다. 나를 보고 멋쩍다는 듯이 웃었다.

"선생님."

선생님이 그래, 라며 고개를 끄떡였다.

"가지야마 군."

"네."

"선생님은 말이지, 존 레논과 나이가 같단다."

"네?"

또 한 번 깜짝 놀랐다. 생각해본 적도 없는 일이다.

"비틀즈가 일본에서 공연할 때 갔었지."

"에엣?!"

내 입에서 큰 소리가 흘러나왔다. 나는 내가 웃고 있다는 걸 알았다. 기쁘고 놀랐을 때 나오는 목소리와 웃음이었다.

선생님은 손목시계를 들여다보았다. 수업을 마칠 때 하던 행동이었다.

"이런. 학교로 돌아가야지."

나에게 기타를 돌려주고, 선생님은 일어섰다.

"괜찮지? 돌아올 거지? 학교로."

나는 고개를 끄떡였다. 아무 생각도 하지 않고 고개를 끄떡였다. 왠지 눈물이 흐르려고 했다. 선생님은 빙긋 웃으며 고개를 끄떡인 다음 허둥지둥 뛰어갔다.

평소와 같은 그저 평범한 아저씨의 모습으로.

들립니까?

"아아, 바쿠 씨."

유감스럽게도 당신 생명의 등불은 곧 사라지게 됩니다.

"그렇군요."

생각났습니까? 저에 대해서.

"네, 생각납니다. "

후회하지 않기 위해서 그날을 선택한 것도요?

"네, 생각나요. 알고 있어요"

어떻습니까? 후회를 지울 수 있었습니까?

"물론이죠. 고맙습니다."

제게 고마워할 필요는 없습니다. 받을 건 받았습니다.

"그래요. 그러기로 했었죠"

그를 살리려 했던 게 맞습니까?

"맞아요."

지난 인생에서는 그를 찾으러 나가지 않았습니다.

"네, 그랬었죠. 죽을 때까지라고 하면 좀 표현이 이상한가요. 그 후로 계속 곱씹었습니다. 왜 그때 수업을 팽개치고 가지 않았 던가 하고요."

그는 살았습니다.

"그래요, 잘됐어요. 그것도 근사한 뮤지션이 돼서 많은 사람들 에게 용기를 주는 노래를 만들어냈어요. 정말 멋진 일이에요."

그렇습니다.

"다만."

네.

"다른 후회가 새로 생겼어요. 그때 수업을 포기한 책임을 물어야 했거든요."

그랬습니다.

"그것 때문에 나한테 실망한 학생들도 있었죠."

맞습니다.

"하지만 어쩔 수 없는 일이죠. 무언가를 택하면 다른 무언가를 버려야 하니까. 그게 세상 이치죠."

그런지도 모르겠습니다.

이제 헤어져야 합니다.

"알았어요. 한 가지만 물어봐도 되겠어요?"

그러시죠.

"대답할 수 없으면 안 해도 됩니다, 바쿠 씨."

네.

"당신은 바쿠 씨가 아니군요."

무슨 뜻이죠?

"미나미 양이죠? 교통사고로 죽은 미나미 양. 이래 뵈도 나는 교사예요. 설령 제자가 아니어도 가까이서 늘 보던 아이는 느낄 수 있어요. 어떤 식으로 말하고, 어떤 뉘앙스를 담고, 어떤 생각을 하는지. 그걸 모르면 교사를 못하죠."

당신은 좋은 선생님이셨군요.

"그렇지 않아요. 나는 그저 평범한 교사에 불과해요. 공부법을 가르치기만 하는 인간이었죠."

저도 당신의 학생이 되고 싶었습니다.

"그렇군요, 고마워요."

그럼 가보겠습니다.

"알았어요."

안녕히 계세요.

"잘 가요. 당신 너머에 있는 진짜 바쿠 씨에게 안부 전해줘요. 진심으로 고마워한다는 말도요."

끝났습니다.

네.

이제 와서 이런 말하긴 뭐하지만, 당신을 다시 한 번 살게 해 드리지 못해 죄송합니다.

무슨 그런 말을. 그게 규칙이라면 하는 수 없죠. 이걸로 충분해요. 저는 유이치를 살릴 수 있었으니까요.

그렇게 말해주니 저도 다행입니다.

하지만.

네.

다시 태어날 수 있다면 사토 선생님이 계시는 학교로 가고 싶어요.

그렇군요. 아주 훌륭한 선생님이 셨습니다.

헤어지는 거죠?

네.

고마워요.

안녕히 계세요. 그럼 이만.

저는 추억을 먹습니다.

선한 사람의 추억을 갖는 대신에 다른 인생을 만듭니다.

인생에서 마지막으로 눈을 감을 때, 행복한 꿈을 꾸게 됩니다.

무엇을 바랄지는 자유입니다. 어떤 것이든지.

당신이 그걸 바란다면.

J.

제가 잘했습니까?

당신의 바람대로 했습니까?

산다는 것

들립니까?

"누구, 예요?"

이제 곧 당신 생명의 등불은 꺼집니다.

"엇, 아직 안 죽었어요?"

아직 생명의 등불은 꺼지지 않았습니다.

"그렇구나. 음, 누구시더라?"

그냥 바쿠라고 불러주십시오.

"악몽을 먹는다는 그 바쿠요?"

엄밀하게는 다르지만, 비슷하다고 생각하시면 됩니다.

"그러니까 나는 곧 죽는 거죠?"

유감스럽게도 그렇습니다.

"그러면 이건 꿈이에요? 아님 주마등인 거예요?"

꿈이 아닙니다. 저는 죽음을 맞이하는 당신의 마지막 불꽃에 말을 걸고 있습니다. 이건 현실입니다, 라는 표현은 정확하지 않지만, 틀림없이 당신 인생 안에서 일어나는 일입니다.

"그렇구나. 그럼 죽을 때는 이런 일도 생기는 거구나, 라고 생각하면 되는 거네요."

네, 그러면 됩니다.

"뭔가를 해야 하는 건가요?"

저는 인간이 마지막 숨을 거둘 때 나타나는 교섭인입니다.

"교섭인?"

당신 인생의 '추억'을 갖는 대신에 당신이 끝마치지 못한 일, 다하지 못한 일을 마칠 수 있도록 해드립니다.

"네? 그게 뭐죠?"

사고를 전환해주십시오.

"무슨 말이에요? 다시 태어난다는 거예요?"

아닙니다. 어디까지나 다하지 못한 일을 끝마칠 수 있는 동안만 다시 살게 되는 겁니다.

"일이요?"

네. 만약 당신이 지난 인생의 '추억'을 저에게 주신다면, 대신 저는 당신에게 미처 끝내지 못한 일을 마치기 위한 시간을, 즉 다시 한 번 생명의 등불을 타오르게 해드립니다. 당신은 당신의 일을 계속할 수 있습니다. 자신이 한 번 죽은 사실도 깨닫지 못하고, 다시 살아가는 겁니다.

"어, 잠깐. 그러면 그 일을 다하면 죽는다는 거예요?"

이해력이 좋아서 다행입니다. 맞습니다.

"다시 태어나는 게 아니라, 그 일을 하다만 곳으로 다시 돌아간다는 거죠?"

그렇습니다.

"그럼 그 돌아간 순간부터 그 후까지 이전 생에서의 지난 '추억'은 당신이 갖는 거죠? 그런 교섭을 하러 왔다는 거고요."

네. 이해력이 정말 탁월하시군요.

다만 그 인생이 어떻게 전개될지는 보장하지 못합니다. 못 다한 일을 다시 할 수는 있지만, 반드시 그 일을 끝까지 제대로 마칠 수 있을지는 저도 모르는 거죠.

"그런 거예요?"

네. 죄송하지만 그렇습니다. 그리고 당신이 그 인생에서 다시 눈을 감을 때 저를 포함해서 모든 것을 기억하게 됩니다. 그때 다시 산 걸 후회할 수도 있습니다.

"아하, 그렇군요."

물론 이 교섭을 거절해도, 받아들이지 않아도 됩니다. 만약 무언가를 하다 말았다고 해도 당신은 당신 인생을 전부 살았습니다. 이대로 잠들기 원한다면 저도 이대로 떠납니다.

"저기, 바쿠."

네.

"그 일이라는 건 내가 지난 인생에서 종사했던 일인 거예요?"

반드시 그런 것만을 뜻하지는 않습니다. 일이라고 부를 수 있는 거라면 뭐든 괜찮습니다. 설령 전업주부였다고 해도 남편의 식사 준비를 자신의 일이라고 생각할 수 있는 거니까요. 그걸 마치지 못했다면 다할 때까지, 즉 남편이 세상을 뜰 때까지 그 일을 해야 한다면, 이번에 그 기회를 다시 가질 수 있습니다.

"내가 일이라고 생각하는 그것을, 다하지 못했다고 말하면 되는 건가요?"

네, 그렇습니다.

"그리고 그걸 다했을 때, 나는 다시 죽는 거고요?"

그렇습니다. 당신은 저와 교섭을 맺은 일까지 모두 잊고 지난 인생의 어느 시점으로 돌아갑니다. 그때 당신이 정한 그 일이 자신의 일이라는 생각만큼은 지난 인생 못지않게 의식하면서 돌아가는 거죠. 그걸 다 마쳐야 한다는 확고한 의지를 품는 겁니다.

"왠지 지금보다 더 좋은 사람이 되는 것 같아요."

그렇게도 말할 수 있겠군요.

"혹시 지난 인생에서 한 번도 해본 적 없는 일을 할 수 있는 건 아니죠? 아나운서가 되고 싶었는데."

유감스럽게도 그건 무리입니다.

"하긴. 그렇게 저 좋을 대로 되는 건 아니겠죠."

어떻습니까? 죄송하지만, 시간이 별로 없습니다. 지금 이러는 동안에도 당신 생명의 불꽃은 점점 작아지고 있습니다.

"할게요. 당신에게 '추억'을 줄게요."

하시는 거군요.

"어떻게 하면 되죠?"

당신의 '일'을 머릿속에 떠올려주십시오. 그걸 다 마쳐야 한다고 강하게 원하십시오. 적당한 시점으로 돌아가게 됩니다.

"알았어요."

다시 말하지만 후회 안 하십니까? 그 일을 다 마치겠다는 의지를 가지고 다시 생명을 얻게 됩니다. 하지만 실제로 마칠 수 있을지는 모릅니다. 보장 못합니다.

"괜찮아요. 다시 기회를 가질 수 있다면요."

남자친구가 의사.

후후훗 하고 나도 모르게 간들거린다. 침대 위에서 수화기를 붙잡고 뒹굴 거리며 히죽거린다. 내가 왜 이러지, 하면서도 웃음이 절로 나온다.

"좋겠다. 의사야 의사. 너무 부러워."

"그럴 거야."

"그럴 거야가 뭐야. 어차피 히죽거리고 있으면서."

"눈치 챘어?"

"당연하지. 목소리가 웃고 있잖아."

"나, 직업으로 차별하는 여자는 아니었는데."

희미해진 중학교 때의 추억은 기억 저편으로 묻어두고, 고등학교 때부터 세어보면 세 번째 남자친구다.

스물두 살에 전문대를 졸업한 지 3년째인 여자치고는 적은 편이다. 밋케는 열 명 넘는 남자와 사귀었고, 그중 70퍼센트와 관계를 가졌다. 나는 아직 두 사람째다.

그리고 미사카 씨가 바로 그 두 번째다. 겨우 두 번째라니 귀엽기도 하지. 그걸 귀엽다고 하는 건 아저씨 같지만.

"사귄 지 얼마나 됐더라?"

"아직, 음, 반년 정도 됐나."

"싫증나지 않아?"

"전혀. 대학병원 의사는 정말 바빠. 한 달에 한두 번 데이트할까 말까 해."

"어떤 사람이야? 의사가 되는 사람들은, 그러니까 이상한 사이코들도 많다고 하잖아."

"글쎄."

미사카 씨는 이상하지 않다. 적어도 현재까지는.

"본성을 숨기는 건 아니고?"

"그러지 않기를 바라."

자상한 사람이다. 아직 인턴인데, 아이들을 좋아해서 소아과를 전공할까 생각 중이란다. 엄청 멋있다고는 못하지만 귀염성 있는 얼굴이다. 시바견(일본 고유의 견종으로, 털이 짧고 귀가 쫑긋 섰으며 꼬리가 말렸다─옮긴이)과 비슷하다.

"강하게 밀어붙이는 걸 잘 못해."

"그렇구나."

"가게 들어가서 메뉴 고를 때도 엄청 망설여."

"앗, 난 그런 거 싫어. 망설이지 않고 내 것까지 후다닥 정해주는 게 좋아."

"실은 우유부단한 게 아니라, 나한테 맞추려고 하는 거야. 배려심이 엄청 많은 것 같아."

"흠."

"아버지가 중학교 때 돌아가셨대."

"어머, 그럼 홀어머니에 외아들?"

"응."

자세한 사정은 듣지 못했지만 교통사고였다고 한다. 다행히 보험금과 배상금 등이 아주 넉넉하게 나와서 의대에 갈 수 있었다고. 어머니도 생활설계사를 하면서 나름 벌고 계시지만 역시 미래에 대한 불안은 있다.

그래서 빨리 어엿한 의사가 돼서 어머니를 편하게 해드리고 싶다는 사람이다.

"얼마나 자상한데."

"마마보이 같으려나."

"음."

다소 그런 면이 있는지도 모른다.

"일주일에 한 번은 어머니한테 전화하는 거 같아."

"뭐, 그 정도라면 괜찮지. 홀어머니에 외아들이니까, 효심 깊은 아들이라고 봐줄 수 있지 않아?"

복에 겨운 소리를 하면 벌 받는다. 요즘 같은 세상에 어머니에게 잘하는 아들은 훌륭하다. 어머니도 아주 자상하시다. 한 번 뵈었는데, 웃으면서 자주 놀러오라고 말씀해주셨다.

"어쨌든, 잘해봐. 그리고 조금은 여자답게 굴어봐. 지금처럼 음식 하나 못하는 여자여서야 곤란하잖아."

"너나 잘해."

안녕, 을 마지막으로 전화를 끊고 한숨을 쉬었다.

"요리라."

원룸짜리 방. 부엌을 돌아봤다. 아주 깨끗한 부엌. 그래도 청소는 항상 깨끗이 한다.

하긴 밋케의 말이 맞다. 부모님과 살다가 독립한 지 2년. 바쁘다 보니 집에서 제대로 음식을 해본 적이 없다. 변명이 안 된다는 건 알지만, 음식은 잘 못한다. 엄마에게 많이도 야단맞았다. 만약 이대로 결혼하게 된다면, 엄마 당신이 창피하다나. 하지만 요리는 결국 재능이 아닐까.

"그래도 하긴 해야 할 텐데."

강도 높은 업무에 근무시간도 불규칙해서 항상 피곤한 얼굴을 하고 있는 미사카 씨. 맛있고 영양가 있는 음식을 제대로 먹게 해주고 싶다는 생각이 들긴 한다.

하지만 손수 만든 도시락이 어디 말처럼 쉬운가.

"나도 바쁘니까."

아버지의 연줄로 들어간 엄청 작은 영세기업이라고는 해도 일단은 출판사다. 아침, 점심, 저녁도 없이 일을 하고 있다. 그런 의미에서는 나도 미사카 씨 못지않게 바쁘다.

그래서 자주 만나지 못하는 쓸쓸함을 견디고 있는 것이다.

"열심히 하자."

직원은 열 명밖에 없는 회사. 문 닫지 않고 어떻게든 꾸려가는 건 오로지 한때 대형출판사에서 수완가였던 사장님 덕이다.

엄청나게 피부가 까매서 미스터 브라질이라고 불리지만 아주 자상하고 아이들을 좋아해서 회사에서 출간하는 책은 대부분 아동서다. 이 세계도 불황이고 경쟁도 치열하지만 좋은 책, 좋은 이야기를 잘 만들어서 세상에 내놓으면 그에 응해주는 독자들이 있다는 건 정말로 고마운 일이다.

편집자라는 인종은 이 세상에서 가장 성질이 뒤틀린 부류가 아닌가 싶지만, 그래도 아마 마음 깊은 곳에서는 인간을 신뢰하는 것 같다.

좋은 책을 내놓으면 언젠가 그에 상응하는 결과가 반드시 나타난다는 것, 3년차가 되어서야 든 생각이다.

● ● ●

"배고파."

지하철 계단을 올라 밖으로 나가자 갑자기 허기가 졌다. 오후 2시 반. 배가 고플 만도 하다. 제길, 그놈의 그림쟁이. 끝냈다고 전화가 왔기에 원화를 가지러 갔는데 결국 두 시간이나 기다렸다. 한두 번 있는 일도 아니니 그러려니 한다.

"도시락."

중얼거리자마자 배가 꼬르륵거렸다. 경망스럽지만 입안에 침이 고인다. 내가 도시락이라고 한다면 거기다. 그곳밖에 없다.

'마코토 도시락.' 마코토 씨가 만든 도시락이다.

정말 이보다 맛있을 수는 없다. 체인도 뭣도 아니다. 역 건너편 뒷골목에 있는 아파트 주차장에 차를 세워놓고 이동 판매를 하는 작은 도시락 집이다. 알려지지도 않았다. 아는 사람만 아는 이동 도시락이다. 이 근처 회사 사람들 정도만 알고 있다. 런치세트 도시락은 열두 시가 되기도 전에 사람들이 줄을 서기 시작해서 눈 깜짝할 사이에 다 팔린다.

미사카 씨도 단골이다. 그렇다. 우리는 서로 직장도 가깝다. 서로를 알게 된 곳도 바로 그 이동 도시락 집이다.

그때를 생각하면 너무 부끄럽고 창피해서 지금 생각해도 얼굴에서 불이 날 정도다. 그날 나는 동료들 몫까지 책임지고 런치세트 세 개를 사기 위해 줄을 서 있었다.

• • •

갑자기.

배가 살살 아파왔다. 참을 수 없을 정도로 쿡쿡 찔러댔다. 정신이 아득해지기 시작한다. 하지만 도시락을 사려면 줄을 서야 한다. 내 뒤로 이미 십 수 명이 늘어서 있었기에 한번 줄에서 이탈하면 도시락을 사갈 수 없다. 선배 것도 사야 하기에 계속 서 있어야 했다.

'이를 어쩌지.'

무엇 때문일까. 아침에 별로 먹은 것도 없다. 우유를 마시고, 편의점에서 빵을 사 회사에서 먹어치웠다.

아야얏. 이를 어째. 정말로 아프다. 식은땀이 주르륵 흘렸다. 머리에서 피가 모두 빠져나가는 느낌.

그때 뒤에 서 있던 사람이 말을 걸었다.

"저기."

"네에."

간신히 대답했다.

"안색이 안 좋은데 어디 아프세요?"

그는 흰 가운을 입고 있었다. 의사다. 근처 대학병원에 다니는 사람이라는 건 알았다. 하지만 창피하게 배가 아프다는 말을 어떻게 한단 말인가. 나는 고통 때문에 얼굴을 일그러뜨리면서도 아무 대답도 하지 못했다.

"괜찮으세요? 병원, 바로 저기 있는데요."

"저기요."

"네."

"도시락, 세 개, 사야, 해요."

그 사람은 아주 자상해 보였다. 그 무렵 내 사고능력은 거의

176

정지상태였다. 손에 쥐고 있던 지갑을 그 의사에게 떠넘겼다.

"죄송합니다! 금방 올게요!"

그 사람이 어떤 표정을 지었는지 볼 새도 없었다. 나는 주변 사람들이 어리둥절해할 정도로 쏜살같이 뛰었다. 회사를 향해 달음박질쳤다.

그런데.

화장실 안에서 그만 얼굴이 새빨개졌다.

창피했다. 너무 창피했다.

'어떡해.'

이제 와서 뭘 어쩌겠는가. 도시락은 사가야 한다. 그건 그렇고 그 사람은 어떻게 하고 있을까. 어지간하면 돌아가지 않고 그대로 모른 척할까 했지만 맡겨버린 지갑 속에는 모든 게 들어 있다.

암담한 마음으로 '마코토 도시락'으로 돌아갔다. 작고 귀여운 도시락 차 주변에는 아무도 없었다. 다만 그 사람과 마코토 씨가 나무 그늘에 앉아서 이야기를 나누고 있었다.

그 사람은 담배를 피우면서 웃고 있었다.

"왔어요?"

나를 보고 미소 지었다. 나와 미사카 씨의 첫 만남이었다.

． ． ．

"어서 오세요."

마코토 씨가 차 안에서 미소 지었다. 그날 이후로, 즉 미사카 씨를 만난 날부터 마코토 씨와도 안면을 트게 되었다. 지금은 거의 친구나 다름없다. 나보다 나이가 많은 마코토 씨를 친구라고 한다면 좀 실례일지 모르지만.

"왜 이렇게 늦었어. 또 어디서 작가를 기다린 거야?"

"네. 남은 거 있어요?"

마코토 씨가 수고가 많다는 듯 고개를 끄떡였다.

"드라이카레 도시락과 생강구이 도시락이 남았나?"

"다행이다. 드라이카레 주세요."

"오케이."

마코도 씨와는 열 번 정도 같이 차를 마셨다. 마코토 씨는 3시까지 이곳에서 도시락을 팔았고, 나는 이 근방을 자주 배회하곤 했으므로 마주치는 일이 잦았다. 물론 차 한잔 같이하게 된 것은 미사카 씨와 알게 된 후부터다.

"미사카 씨, 왔어요?"

마코토 씨는 응, 하며 미소 지었다.

"점심 때."

그러고는 약간 고개를 갸우뚱했다.

178

"아유 씨."

"네."

마코토 씨는 조금 난처한 얼굴을 했다.

"왜 그러세요?"

"괜한 참견 같아서 말을 해야 하는 건지, 망설여지는데."

"뭔데요? 말씀하세요."

나는 마코토 씨가 좋다. 집안일도 잘해내면서 이렇게 도시락 가게도 혼자서 꾸려가고 있다. 아주 파워풀하고 멋있다. 같은 여자로서 본받아야 한다. 마코토 씨는 서른다섯 살. 내가 그 나이쯤 되었을 때, 그녀처럼 귀엽고 야무진 여자가 될 수 있을까 싶다.

"오늘 시간 좀 있어?"

잠깐 생각했다. 시간은 만들면 되지만, 마코토 씨는 집에 돌아가면 집안일을 해야 한다. 한숨 돌릴 만한 여유가 생기는 건 9시가 넘어서다. 이미 알고 있는 사실이다.

"그러면 아주마야에서 한잔 하실래요?"

마코토 씨는 고개를 끄떡였다.

"좋아."

마코토 씨 세 식구가 사는 단지는 내가 사는 아파트에서 자전거로 3분 거리에 있다. 그리고 마코토 씨가 사는 아파트 동과 건너편 동 사이에는 작은 공원이 있다. 그네와 모래터가 있는 어디

서나 쉽게 볼 수 있는 공원이다. 그곳에 지붕 달린 작은 쉼터가 있다. 단지 사람들은 그곳을 '아즈마야'라고 불렀다. 낮에는 그곳에서 주부들이 모여 수다를 떨곤 한다.

누가 설계를 했는지 모르지만 아주 근사하다. 뭐랄까. 엄청나게 멋진 영국 정원에나 어울릴 법한 모양새다. 그래서 단지 사람들도 그곳을 아주 소중하게 이용하며 매일 청소도 한다. 낙서하는 사람도 없고 쓰레기를 버리는 사람도 없다.

물론 밤에는 아무도 없다. 기껏 그곳에 사는 고등학생이나 대학생들이 모여서 친구들과 밤늦게 수다를 떠는 게 전부다.

마코토 씨와 처음으로 차를 마신 날, 나는 집에 들릴 일이 있어서 그녀가 사는 단지까지 함께 걸었고 아즈마야에서 잠시 휴식을 취했다.

그로부터 얼마 뒤에는 혼자서 그곳을 지나치게 됐다. 몹시 안좋은 일이 있어서 기분이 엉망진창이었다. 혼자 코가 삐뚤어지게 마실 거야! 라고 다짐하며 와인을 안고 가는데 문득 마코토 씨가 떠올랐다. 아즈마야에서 전화를 걸었다. 밤이 늦었지만 와인 한잔 하지 않겠냐고.

그 뒤로 우리는 그곳에서 몇 차례 와인을 함께 마셨다.

"자, 드세요"

"응, 고마워."

오늘 밤은 캘리포니아 와인 로제. 맛이 달고 알코올 도수가 낮아서 다음날 두통이 없다. 종이컵이라서 무미건조하지만 테이블 와인은 원래 그런 거라고 생각하며 넘어간다.

"히데키는요?"

"곯아떨어졌어."

마코토 씨의 외아들 히데키. 아직 초등학교 2학년이지만 조금씩 건방져지고 있단다. 남편은 슈퍼 내 정육점의 점장이다. 마코토 씨의 이동 도시락 사업에도 많은 도움을 주고 있다. 우리가 가끔 한잔씩 마시는 것도 웃으며 봐준다고 한다.

"무슨 일인데요?"

"음."

마코토 씨는 또 조금 난처한 얼굴을 했다.

"화내지마."

"화 안 내요. 아니, 무슨 말을 하느냐에 달렸지만."

"미사카 씨."

"미사카 씨요?"

엇, 뭐지?

"미안하다는 생각은 하는데, 나, 아유 씨보다 미사카 씨와 더 자주 얼굴을 보잖아."

"네, 그렇죠."

그렇다. 미사카 씨는 거의 매일같이 '마코토 도시락'에 점심을 사러 다니니까.

"그런데 아유 씨와도 알게 됐으니까 다른 손님들보다 더 많이 이야기하게 되고, 더 많이 신경 쓰게 되더라고."

"네."

그야 그럴 만하다. 마코토 씨는 거의 모든 손님들에게 정성을 다하지만, 역시 친구가 되면 그 사람에게 더 마음이 갈 것이다.

"미사카 씨, 많이 피곤해 보여."

"음, 그래요?"

"뭔가, 요즘 더, 뭐랄까, 마음이 거칠어졌다고나 할까. 그런 느낌."

"그래요?"

응, 하며 마코토 씨는 입술을 꼭 다물었다.

"난 영양사고 도시락을 팔다보니 유난히 더 그렇게 느끼는지 모르겠지만, 밥은 아주 중요하다고 생각해."

"네."

"때문에 내가 파는 도시락도 이것저것 고민을 해서 만들지만, 역시 상품인 이상 한계가 있어."

"그, 하루의 균형 잡힌 영양 같은 거?"

웅, 하고 고개를 끄떡인다.

"그리고 동시에 마음의 문제."

"마음."

"누군가가 자신을 위해서 만든 밥은 설령 내용물은 같더라도 여타의 도시락과는 전혀 다르지. 엄마가 만들어주신 밥은 그 어떤 음식보다 맛있잖아."

마코토 씨는 부드럽게 웃으면서 나를 바라봤다.

"미사카 씨, 분명 인턴 생활이 힘들어서 아주 지쳐 있을 거야. 단지 내 느낌이지만 당장이라도 쓰러질 거 같아."

"그 정도로."

언제 만났더라. 아마 2주 전이다. 물론 전화로는 2, 3일에 한 번씩 통화하고 있다.

"힘이 되어줄 사람은 역시 아유 씨 같아."

나는 고개를 끄떡였다. 그건 물론 내가 할 일이다. 나는 애인이니까.

"그래서 말인데."

"네."

"나, 이동 도시락, 그만두기로 했어."

"엣!"

왜.

"실은 말이지."

마코토 씨는 미소를 지으며 배에 손을 얹었다.

"앗."

아기? 하고 물었더니 고개를 끄떡인다.

"둘째야. 생겨버렸네."

귀엽게 혀를 쏙 내밀었다.

"축하해요!"

왠지 기쁘다. 아는 사람이 아기를 낳는다는 건 역시 기쁜 일이다.

"그렇구나. 히데키, 이제 동생 생기는 거네요."

"사실 혼자서 이동 도시락 하기도 힘에 부쳤고, 무리하다가 애한테 무슨 일이라도 생겨봐. 큰일이잖아. 그래서 잠시 전업주부로 돌아갈까 싶어."

"그렇군요."

하지만 마코토 씨의 도시락을 못 먹는다는 건 쓸쓸하다. 미사카 씨도 마찬가지일 것이다.

"그래서 말인데."

"네."

"아유 씨, 주제넘은 얘기 같지만, 음식 만드는 거 배워보지 않을래?"

"앗."

그런 거였구나.

"미사카 씨의 도시락을?"

"사귄 지 반년이잖아. 잘되어가는 거 같고, 슬슬 결혼 생각을 할 때 같기도 하고, 하지만 아유 씨는 음식을 못한다고 하고."

"아아, 그게."

그렇긴 한데.

"일이 바빠서 쉽지는 않겠지만, 미사카 씨를 위해서라도 해보지 않을래? 나는 언제든지 좋으니까."

• • •

솔직히 고민하고 있었다. 요리를 배우는 건 문제없었다. 오히려 내가 부탁하고 싶은 심정이었다. 문제는 시간이었다.

그렇지 않아도 바쁜데 마코토 씨 집에 가서 음식 하는 걸 배울 수 있을까? 가능하다고 해도 미사카 씨를 위해서 도시락을 만들 수 있을까? 미사카 씨는 좋아해줄까?

"저기요."

"웅?"

거의 20일 만에 만났다. 만날 때마다 미사카 씨는 언제나 말쑥한 차림이다. 가끔 점심 때 마코토 씨의 이동 도시락 앞에서 마주쳤을 때는 머리도 부스스하고 흰색 가운도 구깃구깃한데.

"요즘 더 바쁜가 봐요."

"그런가."

그가 미소를 지어 보였다.

"그게 일상이니까."

"마코토 씨가요."

"마코토 씨?"

살짝 고개를 갸우뚱한다.

"이동 도시락이요."

"응. 그런데 왜?"

물론 미사카 씨는 나와 마코토 씨가 친구라는 걸 안다.

"이동 도시락 그만두신대요, 들었어요?"

"응."

살짝 고개를 끄떡이고 못내 아쉬운 듯 인상을 찌푸렸다.

"분명하게 들은 건 아닌데, 이제 슬슬 그만둘까 싶다는 말은 들은 적 있어. 그래서 예상은 하고 있었어."

"정말 아쉬워요."

그러게, 하며 쓸쓸하게 웃는다.

"나는 말이야."

"네."

"거기 도시락 정말 좋아했어."

"저도요, 정말 맛있잖아요."

응, 하고 고개를 끄떡인 다음 그가 내 눈을 바라보았다.

"이런 말 하면 또 마마보이라고 할지 모르지만, 왠지 안심되었어. 그야말로 엄마의 손맛이라는 느낌이 들어서."

"네, 알아요. 마마보이라니요."

둘이서 웃었다. 동료들도 미사카 씨에게 마마보이라고 하는 모양이다.

"그래서 마코토 씨가 미사카 씨 걱정을 하세요."

"나를?"

약간 놀란 얼굴을 한다.

"그게, 그러니까, 우리를."

"아하."

그가 웃었다. 그날 마코토 씨는 내가 미사카 씨에게 지갑을 떠맡기고 가는 모습을 봤고, 난처해하는 미사카 씨에게 기다려주는 게 좋겠다고 말해주었다.

"마코토 씨는 요즘 미사카 씨가 엄청 피곤해한다는 거 알고 있어요. 그래서 맛있는 걸 계속 해주고 싶다고 생각하는데, 가게를 접을 거라서."

"응."

무슨 말을 하고 싶은 건지 의아해하는 표정이다.

"저, 마코토 씨한테 음식 좀 배워볼까 싶은데."

"뭣?"

"솔직히 털어놓으면 저요, 음식 전혀 못해요. 절망적이에요. 저도 싫어질 정도로. 하지만 미사카 씨에게 매일 맛있는 걸 해주고 싶고 힘을 북돋아주고 싶다는 생각을 정말 많이 해요."

미사카 씨가 나를 가만히 응시했다.

"하지만 도시락을 직접 싼다는 건 꽤 거추장스럽잖아요. 그래서, 그."

무슨 말을 하는지 점점 횡설수설이다. 어쩌지. 나 이렇게 똑 부러지지 못한 여자였나. 얼굴도 빨개진 것 같다.

"싫다고 하면, 그, 좀."

"그걸 왜 싫다고 하겠어."

"네?"

미사카 씨가 웃었다. 기뻐하는 표정이다.

"정말로 내 도시락 싸줄 거야?"

"그게, 그, 마코토 씨에게 배운 다음에야 가능하니까 언제가 될지 모르겠고요. 그리고 나도 일이 있어서 금방 될 거 같지는 않은데."

"기다릴게."

기분 좋은데, 라고 미사카 씨가 덧붙였다.

"아유가 도시락 싸준다면 기다릴게. 언제까지나 기다릴 거야."

• • •

특훈.

나는 틈나는 대로 마코토 씨 집에 갔다. 폐를 끼친다고 생각했는데, 마코토 씨는 전혀 그렇지 않다고 말해주었다. 마코토 씨의 남편도 자상한 타입이라서 내 실패작을 웃으면서 먹어주었다.

남자들이 좋아하는 맛을 조언해주기도 하고, 정육점에서 일을 하니까 좋은 고기를 고르는 방법도 가르쳐주었다. 히데키는 휴일에도 들이닥치는 내가 케이크 등을 가져가니까 매일 와도 좋다고 말해주었다.

"어렵지 않아."

"말은 그렇지만."

마코토 씨가 웃었다.

"부엌칼 다루는 건 일주일쯤 진지하게 음식을 하다 보면 몸이 저절로 기억할 거야. 간 맞추는 법만 마스터하면 그 다음엔 애정과 응용이지."

조합시키는 방법은 무수히 많다. 그중에서 국물 맛, 간장 맛, 미림 맛, 메인이 되는 소스의 맛과 만드는 방법을 알면 나머지는 자유자재로 변형이 가능하다.

"아유 씨도 엄마가 해주신 걸 계속 먹었지?"

"네."

"엄마의 손맛이 아유 씨 안에 다 남아 있어. 엄마는 뭘 잘하셨어?"

"음."

뭘까.

"아아, 저, 그라탕을 좋아해서 어릴 때 자주 해주셨어요."

"그러면."

마코토 씨가 웃었다.

"그라탕을 해보자. 엄마가 해주신 그라탕 맛을 떠올리기만 하면 돼."

생각보다 간단했다. 버터와 밀가루와 우유로 만드는 베샤멜소스와 본격적인 그라탕 만드는 방법을 익힌 후에는 손쉽게 차려낼 수 있었다. 맛도 어렵지 않게 흉내 냈다.

"뭔가 부족하다 싶으면 스스로 간을 맞춰보면 되는 거야."

"네."

마코토 씨는 밥 하는 법이나 국 만드는 법, 생선 굽는 법과 손질하는 법, 채소를 볶을 때는 어떻게 썰어야 하는지도 몰랐던 나를 끈기 있게 가르쳤다.

즐거웠다. 내가 모르는 세계가 점점 보이기 시작했다. 더구나 그것이 점점 내 것이 되어가는 느낌이 들었다. 취직한 뒤 실로 오랜만에 맛보는 성취감이었다.

음식을 만들 줄 알게 되자, 슈퍼에 갔을 때의 느낌도 전혀 달라졌다. 전에는 빵이나 컵라면 등 냉동식품처럼 간단히 만들 수 있는 것만 눈에 들어왔는데, 이제는 아니었다.

감자 하나만 봐도 요리가 눈에 보였다. 감자가 먹을 것으로 보였다. 그동안 그것이 채소며 먹을 것이라는 건 물론 알고 있었다.

하지만 요리는 보이지 않았다.

그런데 이제는 전부 눈에 보이기 시작했다.

슈퍼에 맛있는 게 넘쳐난다는 말을 저절로 이해하게 되었다.

요리를 웬만큼 할 수 있게 되자, 이번에는 그동안 몇 개 없었던 주방용품을 새로 장만했다.

그리고 그때부터는 집에서 혼자 특훈을 시작했다.

메뉴를 정해서 장을 보고 혼자서 만든다. 잘 모르는 건 바로 마코토 씨에게 전화해서 물어보며 완성한다. 덕분에 엥겔지수가 껑충 높아졌지만, 그만큼 불필요한 지출도 함께 없어졌다.

"맛있어."

마코토 씨가 정말로 맛있다는 듯한 표정으로 웃었다.

"정말요?"

"정말로 맛있어. 이 정도라면 내 대신에 이동 도시락을 해도 되겠어."

특훈을 한 지 두 달. 마코토 씨가 우리 집으로 와서 내가 만든 음식을 먹었다.

"미사카 씨도 분명히 맛있다고 할 거야. 틀림없어."

마코토 씨가 정말 기쁜 표정으로 웃으며 말했다. 완전히 자신감이 생겼다. 다음날부터 도시락을 만들어서 미사카 씨의 병원으로 가지고 갔다.

미사카 씨도 좋아했다.

먹으면서 계속 맛있다고 했다. 그리고.

"이런 음식이라면 매일 먹고 싶어."

이렇게 말해주었다.

하지만.

그날 이후 마코토 씨의 웃는 얼굴은 더 이상 볼 수 없었다. 그녀는 이동 도시락 사업을 접으면서 만약을 위해서라며 이동 도시락 사업을 시작하는 방법과 영업 방법 등을 모두 내게 넘겨주었다. 심지어 차까지.

그리고 어느 날 엽서 한 통이 도착했다.

'이사 가. 안정되면 연락할게.'

간단한 내용이었다.

전화를 걸어도 '없는 번호'라는 말만 흘러나왔다. 전혀 연락이

닿지 않았다. 미사카 씨와 함께 의논해봤지만, 뾰족한 방법이 없었다. 마코토 씨의 남편이 근무하는 정육점을 찾아가봤지만 그만뒀다는 말만 들었다.

"무슨 사정이 있을 거야."

"네."

"엽서를 보냈다는 건 이해해달라는 뜻일 거야. 정말 사라지려고 했다면 엽서도 안 보내."

"네."

그렇게 생각하기로 했다. 뭔가 말 못할 사정이 생겼다. 연락하겠다고 엽서에 썼으니 그때를 기다리자.

그러던 중 나는 회사를 그만두고 미사카 씨와 결혼했다. 직장을 그만둔다는 사실에 후회는 없었다. 새로운 일을 택했다고 생각했다.

미사카 씨의 아내로 미사카 씨를 내조하는 일. 그게 내가 평생할 일이라고 생각했다.

하루하루 바쁜 날들이 계속되었다. 미사카 씨의 권유도 있었기에 나는 마코토 씨가 하던 이동 도시락 사업을 이어서 해보기로 했다. 잇는다는 건 이상한 표현이지만, 같은 차로 같은 장소에서 같은 도시락을 만드는 것이기에 이어서 하는 것과 마찬가지였다.

예전 회사 동료들도 매일같이 찾아왔다. 미사카 씨는 매일 점심 무렵에 그만을 위해 만든 도시락을 가지러 왔다. 우리끼리 주고받는 애정 어린 장난 같은 거였다.

아이가 생기면 그만둬야 할지도 모르지만, 언제든 다시 시작할 수 있는 일이기도 했다. 마코토 씨가 불쑥 얼굴을 내밀지도 모른다는 바람은 결국 이루어지지 않았다. 계속 바랐는데. 하지만 하루하루가 행복했다.

진심으로 행복했다.

아유 씨, 들립니까?

"아아, 네."

제가 누군지 알겠습니까?

"알아요. 바쿠."

기억났습니까? 저와 무슨 이야기를 나눴는지요.

"네, 괜찮아요. 기억나요."

자신의 일을 다 마치기 위해서 인생을 다시 산 것도 기억납니까?

"그럼요."

어땠습니까? 목적을 이루었습니까?

"이루었어요."

지난 인생과는 많이 바뀌었습니다. 편집이라는 일을 버리고 이동 도시락을 열고 전업주부가 되었습니다.

"그러네요. 또 다른 길을 걸었어요."

남편을 위해서 매일 음식을 만들고 남편의 일을 위해 헌신한다는, 당신의 할 일을 드디어 끝마친 거군요.

"그런 거 같아요. 바쿠가 말한 대로였어요. 남편이 먼저 세상을 떠나자 나의 이번 생도 바로 끝이 나는군요."

죄송합니다.

"사과하실 건 없어요. 이제 남편이 기다리는 곳으로 갈 수 있어요. 다시 둘이서 함께 걸어갈 수 있어요. 고마워요. 정말로."

그렇게 말씀해주시니 다행입니다.

"이제 헤어지는 거죠?"

네. 아쉽지만 그렇습니다.

"저기."

왜 그러죠.

"당신은 내 인생을 지켜보고 있었죠?"

물론입니다.

"마코토 씨를 아세요?"

네, 압니다.

"그분은 지금 어떻게 지내세요? 알면 좀 가르쳐주시면 안 될까요? 갑자기 이사를 가서 연락처도 모르는데."

안심하십시오. 그분도 자신의 인생을 잘 살면서 주어진 수명을 누렸습니다.

"그래요?"

연락처도 알리지 않은 건 무슨 사정이 있었던 거겠죠. 그것까지는 저도 모릅니다.

"그렇군요."

그러면.

"저기."

네.

"질문이 좀 이상한데, 당신에 대해 잘 모르겠어요. 보이지 않아요. 느낄 수는 있는데, 어떤 얼굴인지, 모습도 모르겠고, 남자인지, 여자인지도 모르겠어요."

당연히 궁금하시겠지만, 몰라도 상관없는 일입니다.

"상관없는 거군요."

그렇습니다.

"미안해요. 실례했어요."

천만의 말씀입니다.

"헤어지는 거죠?"

그렇습니다.

"저기."

네.

"그동안 고마웠어요."

저야말로 감사합니다.

"안녕히 가세요."

안녕히 계세요.

그럼 이만.

끝났습니까?

네.

이게 당신이 바라던 걸 말이 맞습니까?

네, 맞아요.

바라던 대로 되었다고 생각하는데 어떻습니까?

하지만 역시 가슴이 좀 아프네요. 다른 사람의 인생을 바꿔버린

게 잘한 건가 싶기도 하고요.

당신이 바꾼 게 아닙니다. 각자가 내린 결론입니다.

그렇죠.

당신은 당신이 낸 결론을 바꾼 것뿐입니다.

미사카 씨에 대한 마음을 버리고 아유 씨에게 음식 만드는 방법을 가르치는 것으로 말이죠?

그렇습니다. 그것만 당신 뜻이었고, 나머지 일들은 모두 각자의 의지에 의해 일어난 일입니다.

미사카 씨가 저를 잊기로 한 것도.

아유 씨가 편집 일을 그만둔 것도.

내가 이혼한 것도.

미사카 씨의 아이를 혼자 키우기로 한 것도.

그걸 그 사람에게 전하지 않은 것도.

그렇습니다. 모두 각자가 내린 결론입니다. 당신이 마음 쓰지 않아도 됩니다.

네. 그렇게 할게요.

이제 시간이 다 되었습니다.

네, 고마워요.

마코토 씨.

네.

행복했다고 생각하십시오. 모든 인생은 맑은 날이 있으면 궂은 날도 있기 마련입니다.

그렇죠.

안녕히 계세요. 그럼 이만.

198

안녕히 가세요. 바쿠.

저는 추억을 먹습니다.

선한 사람의 추억을 갖는 대신에 다른 인생을 만듭니다.

인생에서 마지막으로 눈을 감을 때, 행복한 꿈을 꾸게 됩니다.

무엇을 바랄지는 자유입니다. 어떤 것이든지.

당신이 그걸 바란다면.

있지 않은 자

들립니까?

"뉘시오?"

당신들이 바쿠라고 부르는 자입니다.

"바쿠, 그 황천에서."

편하게 말씀해주십시오.

"아아, 말이 통하는군."

네.

"바쿠라고 했나?"

그렇습니다.

"내가 죽은 건가?"

아직은 아닙니다. 이제 곧 당신 생명의 등불은 꺼지지만, 아직은 희미하게 켜 있습니다.

"그래. 역시 죽는 건 처음이라서 말이지. 통 아는 게 없어. 이걸

글로 남기지 못해 유감이네."

아직 그걸 해낸 사람은 아무도 없습니다.

"그렇겠지. 그런데 바쿠라면 악몽을 먹는다고 들었는데 죽을 때 동행하게 될 줄은 몰랐네."

저는 악몽은 먹지 않습니다. 죽을 때 동행하지도 않습니다.

"그럼 뭐지? 뜻을 채 펼치지도 못하고 죽는 나를 불쌍히 여긴 건가. 아니면 재미있어서 놀리러 온 건가."

전부 아닙니다.

"아무럼 어떤가. 혼자 가는 건 약간 가혹하다고 슬퍼하던 참일세. 잠시 같이 있어주게나. 술은 없지만."

술이 있다면 한잔 하고 싶지만, 아쉽게도 시간이 없습니다. 당신은 곧 이 세상을 뜨게 됩니다.

"그렇지."

네.

"결국 이 세상을 뜨는군."

네.

"영혼은 있나?"

영혼, 말입니까?

"그게 큰 의문이라네. 안다면 가르쳐주게. 지금 이렇게 너와 이야기하고 있는 나는 뭔가? 내 몸은 이미 아무 말도 못할 텐데.

이러고 있는 건, 너와 이야기 나누는 건 내 영혼인가, 아니면 다른 그 무엇인가. 어차피 아무 것도 남기지 못하니까 가르쳐줘도 될 것 아닌가. 알려주게."

영혼은 있습니다.

"있구나. 그럼 어떤 거지?"

말로는 표현하지 못합니다. 말로 표현하지 못하기에 남지 않는 거고요. 아무도 보지 못합니다.

"말로 표현하지 못한다."

네. 말로 표현하지 못한다는 건 형체도 없다는 뜻입니다.

"음, 그렇군. 새로 깨달음을 얻은 거 같구먼. 죽는 것도 나쁘진 않겠어. 진리가 보여."

죄송하지만 시간이 없습니다.

"그렇겠지. 알고 있네. 다소 미련은 남지만 하는 수 없지. 원한은 남기지 않을 테니 안심하게."

약간의 시간은 있으니 제 이야기를 들어주십시오.

"그래. 말해보게."

저는 악몽을 먹지 않지만 추억은 먹습니다.

"추억."

당신 인생의 추억을 먹습니다.

"아하, 그런 바쿠도 있군 그래. 우리 집 고양이도 생선을 먹지 않았거든. 다양한 녀석들이 있어야 재미있지 않겠나. 내 추억을 먹으러 왔다고 해도 별거 없네. 어차피 죽을 테니 배부르게 자시고 가도 아무 불만 없네만."

만약 추억을 주신다면 대신 저도 드릴 게 있습니다.

"오호. 그렇게 나오는구먼."

말을 되돌리고 싶지 않습니까?

"말을 되돌린다?"

네.

"무슨 뜻인가?"

누구나 그때의 한마디는 지우고 싶다, 거기서 한 말은 없던 걸로 하고 다시 한 번 새로 말하고 싶은 것이 있기 마련입니다.

저는 당신을 그 순간으로 보내서 그 말을 새로 하게 도울 수 있습니다. 그래서 당신이 그 다음 인생을 새로 살게 할 수 있습니다. 단.

"그 새로 살게 되는 인생의 이전 추억을 먹는다는 건가?"

이해력이 정말 탁월하시군요.

단 다음 인생이 어떻게 될지는 아무런 보장도 하지 못합니다. 말을 할 수 있는 순간을 되찾은 다음, 다시 말을 하고 새로운 인생을 살게 됩니다. 하지만 그 인생에서 반드시 만족할지, 제대로 생을 행복하게 마칠지는 알지 못합니다.

"아하."

죄송하지만, 그렇습니다.

"인생은 그런 걸세."

그리고 당신이 그 인생을 끝마칠 때 저를 포함한 모든 것이 생각납니다. 그래서 그때 다른 말을 해서 다시 한 번 산 것을 후회할 수도 있습니다. 이런 제안은 받아들이지 말았어야 했다고 말입니다.

"흥미롭군. 바쿠는 그런 능력을 가진 존재로구면."

물론 이 제안을 거절해도, 받아들이지 않아도 됩니다. 설령 무언가를 하던 중에 죽는다고 해도, 후회를 하고 있더라도 당신은 당신의 인생을 전부 살았습니다. 이대로 눈을 감기를 바란다면 저는 이대로 떠납니다.

"바쿠."

네.

"만약 그 순간으로 돌아가서 말할 순간을 되찾기 원한다고 했을 때, 나는 이 기억을 가지고 그때로 돌아가는 건가? 그렇다면 지난 인생을 모두 기억한다는 건데."

그 말을 하기 조금 전으로 돌아갑니다. 아주 조금 전입니다. 그리고 당신이 그 말을 새로 한 순간 저는 당신의 추억을 모두 갖습니다. 다시 말해 당신은 그 순간부터 새로운 인생을 살게 됩니다.

"편리하군. 내게 그런 능력이 있었다면 지금처럼 고생하지는 않았을 텐데."

이해합니다.

"그렇군."

시간이 별로 없습니다. 당신 생명의 등불이 막 꺼지려고 합니다. 가능하면 결단을 내려주십시오.

"말, 이라."

네. 당신에게는 아주 중요한 겁니다.

"그렇긴 하지."

네.

"되찾고 싶은 말이라."

네.

"어떤 말일지라도, 다시 말해 어떠한 상황이라도 상관없다는 건가?"

네. 중요한 일에서 사소한 일까지, 무엇을 택할지는 당신에게 달려 있습니다. 사실은 맛있었는데 맛없다고 했던 연회 음식을 두고 다시 맛있다고 해도 됩니다.

"하긴 그런 건 정말 사소한 말이군. 알았어. 해보지. 다시 한 번 그 말을 새로 하게 해주게."

하시겠습니까?

"그래. 어떻게 하면 되나?"

그 말, 다시 하고 싶은 말을 입 밖으로 꺼냈을 때를 머릿속에 떠올리십시오. 그러면 저는 시간을 날아서 그 말을 새로 하기에 적당한 시간대로 당신을 데리고 갑니다.

"아하. 알았어. 수고스럽지만 잘 부탁하네."

다시 말씀드리지만 다음 인생이 반드시 좋아지는 건 아닙니다. 그래도 괜찮겠습니까?

"괜찮아. 어차피 한번 끝난 인생 아닌가. 뭘 되풀이하든 별 차이는 없네."

그렇다면.

또 왔잖아, 저 녀석.

아니지, 도련님.

세상 물정을 모른다고 해야 하나. 하긴 아이니까 세상 물정 모르는 게 당연하지만 아무리 그래도 그렇지.

이 근방에는 놀아줄 만한 사람이 없으니까 심심하고 쓸쓸하긴 할 거다.

하지만 신경 쓰이는 건 나니까 제발 오지 않았으면 좋으련만.

"하치로."

도대체 왜 부르는 거야. 부르면 대답해야 하잖아.

"저기 말이죠."

"아, 알아. '있지 않은 자'를 이렇게 부르면 안 되는 거지?"

"그래요. 이곳에는 도련님밖에 안 계시잖습니까. 아무도 없는데 그렇게 말하는 사람은 머리가 어떻게 된 사람뿐이라고요."

"하지만."

도련님이 휙 주변을 둘러보았다. 아라데라 절과 흙을 쌓아놓은 무덤, 수풀과 들판밖에는 없다. 무너질 것 같은 담이 간신히 버티고 서 있을 뿐이다.

"아무도 없고, 없다는 건 듣는 사람도 없다는 거니까."

"네, 네."

먹물 좀 묻었다고 꽤나 논리적으로 따진다. 학자의 아드님이다. 지위는 별로 높지 않지만 태생은 고귀하다고 한다. 저기 무너진 담 위로 오르면 작지만 손질이 잘된 암자 같은 집이 보인다.

재능이 있다고 한다. 보기만 해도 알 수 있다. 또래의 아이들과는 분위기가 확실히 다르다. 물론 아직 한창 놀 때이지만 아버지가 시키는 대로 매일 열심히 학문에 힘쓰고 있다.

"아무튼 조심해주세요. 도련님과 이야기하는 걸 누가 본다면 소인 목이 날아간다니까요."

"알아."

방긋 웃는다. 정말로 귀엽게 생겼다. 가끔은 오싹해질 정도로 아름다워 보인다. 기껏 해야 아이인 주제에 어찌 이처럼 생길 수 있는 건지. 이상한 소문이 떠돌 만도 하다.

이 세상 사람 같지 않은 투명할 정도의 아름다움. 이 세상 것이 아닌 것에서 태어났다는 소문이 돈다. 어머니가 없는 것도 그 소문에 일조를 했다. 어디어디의 영적 능력을 가진 여우가 어머니라느니, 매일 밤 어두운 하늘에서 누에(머리는 원숭이, 손발은 호랑이, 몸은 너구리, 꼬리는 뱀과 비슷하다는 전설 상의 괴물-옮긴이)를 타고 어머니가 내려온다느니.

도대체 무슨 그런 말도 안 되는 소리를 하는 건지.

세상에는 형체가 있는 것만 존재한다. 형체가 있는 것은 형체가 있는 것에서만 태어난다. 조금만 생각하면 알 수 있는데 이 나라 사람들은 거기까지 생각이 미치지 못한다.

"뭐해?"

"보면 아시잖아요. 구멍을 파고 있습죠."

"죽은 사람을 넣는 거야?"

"말 좀 가려서 해주시면 안 될까요? 돌아가신 분의 명복을 비는 겁니다."

"명복을 빈다고?"

"흙으로 돌려보내는 겁니다. 시간이 지나면 이 안에서 깨끗이 사라지죠."

　그게 내 일이다. 무덤 파는 하치로. 묘지기 하치. 음울하지만 불릴 수 있는 이름이 있으니 그나마 낫다.

　"하치로."

　"왜요?"

　"사람은 죽으면 어떻게 돼?"

　또 시작이군. 언제나 시작되는 질문 공세. 나는 '있지 않은 자' 치고는, 아니, 도성에 사는 사람들과 비교해도 배움이 좀 있는 편이다. 여러 의미에서 말이다.

　"말했잖습니까. 흙으로 돌아간다고요."

　"사람이 흙에서 태어나는 건 아니잖아. 사람에게서 태어나는 거잖아."

　그건 그렇습죠.

　"삼라만상, 이 세상에 생명이 있는 건 언젠가는 다 이 대지로 돌아갑니다. 사람, 짐승, 곤충도 모두 같지요."

　도련님은 가만히 구멍 안을 들여다보고 있다.

　"그러면 원래 이 대지가 엄마인 거야? 어떻게 사람을 낳는 거지?"

　"어머니는 바다죠. 크고 넓은 바다."

　"바다라. 이 세상의 생명들이 바다에서 태어났다는 거야? 어떻게?"

"소인은 그런 거 모릅니다. 도련님은 공부하시잖습니까. 여러 가지를요. 천문도(天文道: 점성술-옮긴이)와 역도(曆道: 달력의 작성과 길흉을 정하는 일-옮긴이), 음양도(陰陽道: 음양오행설에 따라 자연 현상을 설명하고 길흉·화복을 논하는 학문-옮긴이)를 말이죠."

"그래도 몰라."

그렇겠지.

"왜 모르는 걸까. 가장 중요한 건데. 사람은 죽으면 어떻게 되는가, 왜 흙으로 돌아가는가, 왜 바다에서 태어났는가."

그야. 구멍을 파던 손을 멈추고 도련님을 보았다. 그리고 말했다.

"죽은 적이 없어서죠."

"뭐?"

"죽었다가 살아나서 죽으면 어떻게 되는지 다 적어놓은 사람이 없으니까 아무도 모르는 겁니다. 상상하는 수밖에요."

도련님은 보라색 고소데(소맷부리가 좁아진 형태의 일본옷-옮긴이)와 하카마(일본옷의 겉에 입는 하의-옮긴이)를 가볍게 휘날리며 웅크리고 앉았다. 내가 판 구멍에서 나온 돌을 집어 들었다. 그걸 획 던지고 건너편에 있는 절 쪽을 바라보았다.

"저쪽에 있는 스님처럼 불교를 공부한 사람도 모르는 거야?"

나는 웃었다.

"모릅니다. 왜냐하면 스님들도 살아계시니까요. 죽으면 어떻게 되는지 상상할 뿐이죠."

"상상만으로는 안 돼?"

"안 되죠."

"그렇구나."

실망을 한다. 온순하고 착한 아이다.

"도련님."

"왜?"

나는 구멍을 파던 손을 멈추고, 웃어 보였다.

"그처럼 모르는 걸 열심히 알아내기 위해서 도련님 네처럼 학자 집안이 필요한 겁니다. 일일이 실망하지 말고 열심히 공부해주세요. 연구해주세요. 그러지 않으면."

"하지 않으면 뭐?"

"세상은 좋아지지 않아요."

천황은 다이라노미야코(교토의 옛 이름인 헤이안쿄[平安京]를 훈독으로 발음한 것-옮긴이)로 천도했다. 전쟁을 일으켜 세상은 어수선할 뿐이다.

다음 세상 사람들은 믿기지 않을 정도로 놀라운 기술을 가지고 있다.

내가 이렇게 손으로 파는 구멍보다 훨씬 크고 깊은 구멍을 어떤 장치를 이용해서 손쉽게 판다. 그러한 기술이 있다는 건 지금보다 사람들의 지혜와 사고가 훨씬 발달했다는 뜻이다.

동시에 다음 세상 사람들은 지금 사람들보다 훨씬 현명하다는 걸 의미한다. 그러한 사람들이 우리 시대를 조사하게 되면 분명히 이 사람들 이게 뭐야, 우리 선조들은 이렇게 바보였단 말인가, 하고 놀랄 것이다. 항상 이렇게 생각이 많다보니, 나는 쓸데없는 짓을 많이 해버린다. 하지만 어쩌랴. 이미 그렇게 되어버렸는데.

다음에 이어질 세상에도 역시 훌륭한 사람이 있고 훌륭하지 않은 사람이 있겠지만, 아마 나처럼 '있지 않은 자'는 없을 것이다. 아니, 없다. 적어도 다른 사람들과 동등하게 대우 받는 모양이다. 그렇게 보인다.

꿈같은 세상, 아니 실제로도 꿈이다.

"하치로."

도련님이 부르는 소리에 정신이 들었다. 어이구, 또 멍하게 있었다. 도련님이 호수 밑바닥처럼 깊고 그윽한 눈으로 나를 바라보고 있다.

"무슨 생각했어?"

"더워서요, 멍하게 있었습죠."

"거짓말. 뭔가 다른 생각을 하고 있었어."

다 꿰뚫고 있다. 정말 현명한 아이다.

"하치로는 다른 이들과 달라."

"뭐가요? 뭐가 다르다는 겁니까?"

도련님은 고개를 툭 떨구었다.

"몰라, 그걸 모르니까 속상해."

나는 웃었다. 내가 다른 이들, 다른 '있지 않은 자들'과 다르다는 걸 알고 있다는 것 역시 도련님도 다른 사람들과는 다르다는 뜻이다. 그런 재능을 지니고 있는 것이다.

"도련님."

"왜?"

"더우니까 절 처마 밑에서 참외라도 먹읍시다. 차가운 우물에 담가뒀거든요."

얼굴에 화색이 돈다. 이럴 때에는 평범한 아이다.

"어이구, 와 계셨군요."

뒤쪽으로 수풀이 빽빽해서 처마 밑에는 늘 그늘이 진다. 도련님과 함께 참외를 먹고 있는데 스님의 눈에 띄었다. 외출에서 돌아오는 길인지 한 벌밖에 없는 가장 좋은 승려복이 햇볕 아래서 반짝인다.

"스님, 저 놀러왔어요."

"네. 어서 오세요. 이런 요괴 절이라도 괜찮다면요."

도련님이 웃었다.

"스님이 스스로 요괴 절이라고 하면 안 되지 않아요?"

스님이 껄껄 웃는다. 참외를 하나 먹어도 되겠냐고 묻기에 그럼요, 어서 드세요, 하고 대답했다. 이 스님도 별난 사람이다. 묘지기인 나에게 굳이 먹어도 되냐고 허락을 구하다니.

"부정하려 해도 요괴 절은 요괴 절이니까요."

고개를 끄떡이면서 아삭 소리와 함께 참외를 한입 베어 먹는다.

"아아, 시원하다."

"너무 차갑죠."

스님이 흠, 하는 소리를 내며 우측으로 멀리 보이는 산을 바라보았다. 여기 우물 물은 빗물이 산에서부터 고여 흘러내린 것이다.

"여름에 물이 차가우면 세상이 뒤숭숭하다고 하는데 올해는 바빠지는 게 아닌가 싶네."

"그러게요."

"무슨 말이야?"

도련님이 묻는다. 정말이지 이 두 사람과 있으면 왠지 나도 관직에 있는 도성 사람이 된 듯하다.

"도련님, 저와 스님이 바쁘다는 건 죽은 사람이 많다는 뜻이지요. 스님은 장례식을 올리고, 저는 무덤을 파는 사람이니까."

"그렇군."

도련님의 단정한 얼굴 미간에 주름이 잡혔다.

"죽는 사람이 많이 나온다는 건 전쟁이야, 병이야?"

"글쎄요."

도련님은 참외를 든 손을 내리고 고개를 툭 떨구었다.

"왜 그러세요?"

"전쟁과 병은 모두 사람이 멈추게 할 수 있는데, 왜 멈추게 하지 못할까?"

"배움이 모자라기 때문이지요."

도련님이 부족하구나, 하며 한숨을 쉬었다. 스님이 도련님 머리를 쓰다듬었다.

"끝이란 없는 겁니다. 그렇기 때문에 사람은 살 수 있는 게 아닐까요."

"그런 거예요?"

스님이 고개를 끄떡인다.

"듣고, 보고, 알고, 생각한다. 이것들을 못하게 되면 더 이상 사람이 아닌 게 되는 겁니다."

· · ·

아케사토야마 산의 주변이 새빨갛게 물들어 있다. 커다란 저녁 해가 지려고 한다.

"휴."

오늘은 무덤을 파는 일도 이걸로 끝이다. 참 많이 팠다. 많이 묻었다. 이름도 없고, 일가친척도 없고, 주변에 아무도 없는 사람들의 무덤. 몇 주 동안이나 무덤을 파지 않아도 될 때가 있는가 하면, 팔 때에는 하루에 열 개씩 파기도 한다.

"하치로."

스님의 목소리에 뒤를 돌아보았다. 쥐색인지 때가 탄 건지 모를 평상복 차림이었다.

"시원한 저녁 바람이나 쐬면서 한잔 하세."

스님이 싱글벙글 웃으면서 손에 들고 있던 술병을 들어올렸다. 정말 별난 스님이다. 이 절은 방치된 듯한 분위기를 풍긴다. 누가 오든 말든, 눌러앉든 말든, 분위기가 이보다 더 황폐할 수 없다.

"좋죠. 하지만 술은 어디서 나셨습니까?"

가난한 건 스님이나 나나 매한가지다. 시주하는 집들도 거의 없을 텐데. 스님은 이거? 라면서 미소 지었다.

"예전에 알던 사람이 줬네. 잠깐 찾아왔는데 그때 가지고 왔더라고."

우물에서 물을 길어 손발을 씻고 헝겊으로 몸을 여러 번 닦았다. 두세 번은 해야 제대로 씻긴다.

사람들 말에 따르면, 도성 쪽의 귀한 분들은 이처럼 몸을 잘 닦지 않는다고 한다. 옷도 마찬가지다. 이유를 생각해봤는데, 몸을 잘 움직이지 않기 때문이다. 땀도 흘리지 않고, 더러움도 타지 않는다. 그래서 씻는 습관도 생기지 않는다.

그럴 만하군, 하고 수긍한다. '있지 않은 자'라며 우리를 사람으로 여기지 않을 뿐더러, 보이지도 않는다는 분들이 우리보다 훨씬 불결하다는 건 왠지 우습다.

도성으로 가져가는 채소와 곡식, 생선 등의 맛도 역시 현지보다 떨어진다. 수확해서 바로 먹는 우리가 더 맛있는 걸 먹고 있는 셈이다.

들과 산, 강을 집으로 삼는 '우리' 같은 자가 훨씬 사람다운 생활을 한다는 생각이 들 때도 있다.

씻는 김에 머리도 물로 여러 번 씻었다. 개운해졌다. 스님이 기다리는 본당 정면의 복도로 갔다. 스님은 이미 혼자서 마시고 있었다. 좋은 냄새가 난다 했더니 은어 구이가 눈에 들어왔다.

"실례합니다."

"오오, 이리 앉게. 자."

술잔을 내밀기에 받아들었다. 저녁 해가 산 너머에 반쯤 걸려 있었다. 그 때문에 등불이 아직 흐릿해 보인다.

"캬."

좋은 술이다. 이처럼 좋은 술은 좀처럼 마실 기회가 없다. 천천히 마셔야겠다고 생각하면서 홀짝거렸다.

"은어도 맛 좋은데 좀 들게나."

"잘 먹겠습니다."

젓가락을 은어 쪽으로 가져간다. 은어 자체는 흔한 생선이다. 곤충 울음소리가 들린다. 평소에는 전혀 귀에 들어오지 않다가 지금처럼 마음이 차분해지면 유난히 그 소리가 가슴 깊숙이 파고든다. 듣기 좋다는 생각을 하게 된다.

"신기하네요."

"뭐가?"

"곤충 울음소리요. 느긋하게 있을 때면 기분을 좋게 해주죠. 낮에는 그저 시끄럽게 거슬리거나 귀에 들어오지도 않는데."

스님이 껄껄껄 웃는다.

"다 그런 걸세. 인간이란 저 좋을 대로 생각하는 동물이라서 들리는데도 들리지 않고, 보이는데도 보이지 않는다고 하지."

"그렇죠."

둘이서 술을 쭉 들이킨다. 역시 맛있다.

"하치로."

"네."

"자네가 여기 온 지 얼마나 됐나?"

음, 하며 손가락을 꼽았다.

"15년 됐네요."

"그렇게나 오래됐나. 세월 참 빠르구먼."

"그러네요."

뭐지. 스님의 말에서 다른 뜻이 느껴진다.

"왜 그러시죠? 무슨 일 있었습니까?"

스님이 내 얼굴을 보고 미소 짓는다. 그리고 고개를 설레설레 젓는다.

"못 숨기겠어. 자네는 사람의 마음을 정말 잘 읽거든."

"아닙니다."

스님이 휴 하고 숨을 뱉었다.

"지금도 다음 세상 꿈을 꾸나?"

"꿉니다."

"가장 근래에 본 건 어떤 거였나?"

어젯밤에도 꿨다. 언제나 그렇지만, 내 꿈은 다른 사람들에게 말하기 어렵다. 이곳에 없는 것, 형체가 존재하지 않는 것을 설명해야 하기 때문이다.

"눈이 파란 사람들이 사는 나라입니다."

오호, 하며 스님이 입을 열었다.

"외국 사람들인가?"

"그렇습니다. 파랗기도 하고, 회색빛이기도 하고, 아무튼 눈동자가 까맣지 않습니다. 머리카락도 노란색이기도 하고, 금색이기도 하고, 갈색이기도 하고요."

"요란한 나라구면. 하지만 보기에는 좋을 것 같군."

맞는 말씀이다.

"전에 말씀드렸듯이 그곳에도 하늘에라도 닿을 듯 높은 석조 집들이 많이 있습니다. 소가 끌지 않아도 자유롭게 움직이는 딱딱한 탈 것을 타고, 보이지 않을 정도로 빠르게 움직이지요."

스님이 음, 하고 고개를 끄떡였다. 몇 번이나 한 이야기다. 다음 세상의 기술은 지금보다 훨씬 발달했다. 혼자서 움직이는 탈 것이라고 설명해도 이해가 안 갈 것이다. 어떠한 구조인지 전혀 알 수 없지만, 분명히 사람들이 움직이게 하고 있다.

"사람들을 많이 태우고 하늘을 나는 철로 된 새가 석조 집에 부딪쳤습니다."

"호오."

"사람들이 많이 죽어서 많은 사람들이 슬퍼하고 있었고요."

흠, 하고 스님이 신음소리를 냈다.

"다음 세상에도 슬픈 재앙이 있는가?"

"있습니다. 하지만."

뭔가? 라며 스님이 묻는다.

"재앙이 있더라도 사람이 죽으면 모든 사람들이 웁니다. 아무런 연관이 없는 사람들, 전혀 알지 못하는 사람들이 죽었을 뿐인데, 많은 사람들이 슬퍼하고 있지요."

그건.

"지금 세상보다 마음이 따뜻한 사람들이 훨씬 많아진다는 거
겠지요."

지금 세상에서는 '있지 않은 자'가 죽었다고 해도 아무도 눈물
을 흘리지 않는다.

아침에 집을 나와 거리로 나섰다가 길가에서 죽은 사람을 발
견해도, 성가시게 왜 이런 데서 죽고 그러냐며 휙 돌아선다. 그런
세상이다. 그런 게 평범해진 세상이 되었다. 사람으로 불리는 건
도성의 관직에 있는 사람이나 그걸 추종하는 자들뿐이다.

이 세상에는 그들 외에도 들과 산에 많은 이들이 살고 있다. 그
들은 사람이라고 불리지 않는다. 사람으로 존재하지 않는다. 그래
서 '있지 않은 자'다. 고귀하게 태어난 사람은 설령 그 도련님일지
라도 나를 봐서는 안 된다. 저기 있다고 인식해서도 안 된다.

나는 사람이 아니기 때문이다. 그 자리에 누군가 있을 리 없다.
때문에 누군가 말을 거는 일도 없다. 거기에는 아무도 없으니까.
그런데 도련님은.

스님이 한숨을 쉬었다. 술잔을 단숨에 비웠다.

"하치로."

"네."

"나도 꿈을 꿨네."

"네."

"등에서 거룩한 후광을 비치시는 분이 머리맡에 서 계셨네."

부처님이시다.

"실로 괴로운 말씀을 하셨네."

"괴로운 말씀."

음, 하고 스님이 고개를 끄떡인다.

"어쩌면."

나는 들고 있던 술잔을 보았다. 맛있는 술이 넘실거린다. 이제 곧 마지막 빛을 남기며 저녁 해가 산 너머로 저물 것이다. 그 빛을 술이 반사하고, 반사한 그 빛을 흔들거리는 등이 빨아들였다.

"이건 이별주인가요."

스님은 나를 보지 않았다. 입술이 일그러져 있었다. 정면에서 보면 삿갓 모양이다.

"이곳을 나가야 하는 건가요?"

각오는 하고 있었다. 언제까지나 이곳에 있어도 좋다는 말을 들었을 때부터, 언젠가 나가라는 말을 듣게 될 날을 각오했다.

"하치로."

"네."

"왜 이곳을 요괴 절이라고 부르는지 알고 있나?"

"네."

이 세상 것이 아닌 게 나오기 때문이다. 스님이 이곳에 오기 전까지는 정말로 이곳에서 요괴가 살고 있었다고 한다. 법사와 음양사들이 퇴치하려고 했지만 오히려 모조리 당했다고 했다.

그런데 스님이 와서 살게 되었다.

요괴는 스님에게 아무 짓도 하지 않았다. 불상 혹은 공물이 사라지거나 찾아온 사람들이 홀리거나 다치기는 했지만, 스님에게는 괴이한 일이 전혀 일어나지 않았다.

나한테도 마찬가지다.

기껏 해봐야 잠자리에 무언가가 쑥 미끄러져 들어오거나 아침에 눈을 떴더니 밖이거나 우물에서 물을 길었더니 메기가 들어 있는 정도다. 애들 장난 수준이다.

"내가 이곳에 온 건 말일세."

"네."

"거룩한 후광을 비치시는 분이 계시를 내리셨기 때문일세."

"계시."

스님이 나를 보고 웃는다.

"마침내 이 절에 시간을 먹는 존재가 나타날 거라고."

"시간을, 먹는다."

"그 존재는 선한 사람을 선한 일로 이끌게 된다네. 나보고 그

226

걸 키워서 떠나는 날까지 지켜보라고 하셨네. 그게 내 마지막 소임이라고."

설마.

"소인을 말하는 건가요?"

시간을 먹는다는 게 뭐지? 다음 세상의 꿈을 꾼다는 건가? 그게 시간을 먹는 건가? 스님은 고개를 끄떡였다.

"자네는 아무래도 이 세상 사람이 아닌 거 같아."

아무 말도 나오지 않았다. 그저 스님의 얼굴만 응시했다.

"자네도 이 절에 오기 전에 어디서 뭘 했는지 전혀 기억이 안 나지 않나."

그렇다. 정신이 들었을 때 이미 나는 이곳에 있었다. 다섯 살이나 여섯 살 무렵이었다. 태생이 고귀해 보이는 모습은 아니었기에 모두들 '있지 않은 자'의 자식일 거라고 생각했다. 나도 같은 생각이었다.

그리고 15년이 흘렀다. 줄곧 묘지기, 무덤 파는 일을 해왔다.

"이 세상 사람이 아니라면 소인은 도대체 뭡니까? 시간을 먹는다는 건 뭐고요?"

스님이 살짝 고개를 저었다.

"그건 나도 모르네. 나는 오직 자네가 따뜻한 마음씨를 가지고 있고 다음 세상을 꿈으로 꾸며 그걸 해석할 줄 아는 지혜로운 사람이라는 것만 알 뿐이지. 만약 자네가 고귀한 분에게서 태어났더라면 틀림없이 이 세상을 통치할 분이 되었을 걸세. 그 정도로 자네는 지와 덕을 갖춘 사람이야. 그건 바로 내가."

스님이 가슴을 쳤다.

"인정함세. 다른 이들에게 자신 있게 말할 수 있어. 자네는 자부심을 가져도 되는 사람이야. 그렇게 믿게나."

"감사합니다."

다른 할 말이 없었다. 스님은 연신 고개를 끄떡였다.

"이 세상 사람이 아니라고 해도 자네는 무언가를 하기 위해서 이 세상에 있는 게 아닌가. 그분께서 자네에 대해 말씀하신 게 그 증좌일 거야. 어쩌면."

스님이 말을 끊었다.

"어쩌면?"

"자네는 자신의 정체를 알기 위해 이곳을 떠나야 할지도 모르겠네."

정체를 알기 위해 떠난다.

내 정체는 무엇인가.

인간인데 인간이 아니라 하고 다른 이들과 모습은 똑같은데 '있지 않은 자'로 태어난 나는 도대체 누구인가.

"요괴라는 겁니까? 이 세상 사람이 아니라는 건."

스님은 고개를 갸우뚱했다.

"하치로."

"네."

"나도, 옛날 일이지만, 꿈을 꾼 적이 있어."

"네."

스님이 술병을 들어 내 잔에 술을 따라주었다. 그리고 자신의 잔에도 따랐다. 둘이서 동시에 마셨다.

"신들이 사는 곳이었네."

"신들."

"자네가 생각하는 신이란 뭔가?"

신.

인간이 아닌 자.

"산의 신, 강의 신, 숲의 신, 짐승의 신, 하늘의 신. 필시 삼라만상 모든 것에 신이 깃들어 있습니다. 그 신들이, 보이지 않는 신들이 이 세상을 다스리고 있고요."

음, 하고 스님이 고개를 끄떡인다.

"나는 부처님을 모시는 몸이지만, 그 꿈에 나타난 신들은 부처님이 아니었어. 그리고 그 신들이 사는 곳에는 아무 것도 없었네."

"아무 것도 없다."

"산, 강, 흙, 물, 숲, 아무 것도 없어. 단지 형체가 없는 신들만이 있을 뿐이었네. 그리고 그 신들은 우리가 사는 이 땅을 더할 나위 없이 사랑하고 있었어. 자신들에게 없는 형체를 가진 우리를 그 저 사랑하고 지키려고 했어. 어쩌면 그들은 자신들에게 없는 형 체를 이 세상의 것으로 만들어서 내려보낸 건지도 모르겠네."

내가 보는 다음 세상 꿈과는 완전히 다르다. 다시 말해 나는 신들을 꿈에서 본 적이 없다.

"어떤가?"

"뭘 말씀입니까?"

"그처럼 이 땅과 우리를 사랑하는 신들을 자네는 이 세상 것이 아니라는 이유만으로 요괴라고 부르겠나?"

그건.

"그렇게 부르지 않습니다."

요괴는 사람에게 복수를 한다. 스님이 빙긋 웃었다.

"분명히 자네도 그런 존재일 걸세."

그럴까.

"아까 그 이야기네만."

"네."

"내일 이러니저러니 한다는 게 아니야. 단지 조만간 자네가 떠 나는 걸 암시하는 일이 벌어질 거라는 걸세. 그걸 계시 받았어."

"떠난다."

이곳을 나간다, 내가.

"그게 어떤 식으로 일어날지는 전혀 예측이 안 가. 그래서."

스님이 술잔을 들었다.

"오늘 밤에 말해두겠네. 하치로."

"네."

스님이 눈을 끔뻑거린다.

제길, 나도 왠지 눈시울이 뜨거워진다.

"나는 자네를 내 자식처럼 생각했어. 세상이 이러다 보니 잘 살게 해주지 못해서 미안하네. 묘지기 같은 괴로운 일을 계속 시켰으니."

"무슨 그런 말씀을 하십니까."

말도 안 되는 소리다. 나는 이곳에서 비바람을 피했을 뿐 아니라, 방도 하나 차지했다. 아침, 점심, 저녁 삼시세끼를 먹었다. 밭은 마음대로 사용했다. 지금처럼 술동무 자리도 차지했다.

아무 불편 없는 생활을 했다. 길가에 쓰러져 죽는 '있지 않은 자'들에 비하면 마치 천국과 같은 생활을 누렸다.

"소인이야말로, 스님을, 그야말로."

아버지처럼 생각했다. 부모에 대한 기억은 전혀 없다. 어릴 때의 기억은 이 절에 왔을 때부터 시작된다.

"스님이 언제까지나 건강하시기를 진심으로 바랍니다."

스님이 손을 뻗어서 내 머리를 끌어안았다. 눈물이 흐른다.

"건강하게. 어디에 가든, 무슨 일이 있든, 나는 자네가 행복하기만 바라네."

• • •

그날은 갑자기 찾아왔다.

날씨가 아주 무더웠다. 올 여름은 무척이나 더웠다. 무더운 여름은 많았지만, 올해는 유난히도 심했다.

그리고 바쁘기도 엄청 바빴다. 무덤을 파느라고. 불볕더위에 별안간 죽는 이들이 얼마나 많은지.

다음 세상의 꿈에서도 사람들이 많이 죽었다. 그러나 더위 때문에 죽는 것은 아니다. 다음 세상에서는 집 안에 들어가면 가을처럼 시원하니까. 땀범벅이 된 뚱뚱한 사내가 커다란 집 안에 들어가면 순간 다시 태어난 것 같은 말쑥한 얼굴로 기운을 차린다. 땀도 쑥 들어간다.

어떤 장치인지 짐작도 가지 않는다.

"아무튼."

땀을 닦았다. 아직 이 구멍은 한 사람을 묻기에는 부족하다.

"쉬엄쉬엄 해야지, 내가 죽겠어."

구멍에서 기어 나오자, 절 쪽에서 물통을 들고 오는 스님이 보였다. 고맙다.

"자, 하치로."

"고맙습니다."

스님이 웃는다.

"오늘은 무리하지 않는 게 좋겠어. 자네 장례식을 하고 싶지는 않으니까."

"그렇고말고요."

헝겊 조각을 물에 적셔서 머리 위에 얹었다. 스님도 소맷자락에서 헝겊 조각을 꺼내서 물에 적시려다가 멈칫했다.

시선이 내 뒤쪽을 향하고 있었다. 흔들리는 눈동자를 보니 예감이 안 좋았다.

그래서 뒤돌아보지 않고 천천히 옆으로 물러났다. 구멍에 떨어지지 않도록 풀숲 쪽까지 뒷걸음질 쳤다. 그리고 그 자리에 웅크리고 앉았다.

발소리가 들린다. 메마른 흙 위를 걷는 소리다. 혼자가 아니다. 서너 명은 족히 된다.

"스님."

목소리가 들렸다. 저 목소리는 누구지. 처음 듣는 목소리다.

멈췄다. 발이 보인다.

도련님의 발이다. 그러면 그 옆에 선 사람은 아버지인가. 다른 한 사람은.

붉은 옷자락이 보인다.

칼집도 보인다.

관리인가. 무슨 관리지. 모습을 봐야 알 수 있다. 하지만 봐서는 안 된다. 나는 '있지 않은 자'다.

사람이 아니다. 사람이 아닌 자는 사람을 봐서는 안 된다. 부르는 소리에 대답을 해서는 안 된다.

보거나 대답을 하면 요괴라며 죽임을 당한다.

아니다. 그 존재가 제거된다.

"덥군요."

"그러게나 말입니다. 여기 분은 아니시군요."

"새로 부임해오셨습니다. 인사도 드리고 본당에 시주도 하러 왔습니다."

"감사합니다."

괜찮다. 단순한 인사다. 이대로 가만히 있으면 나는 이 근방에 있는 돌, 풀과 같은 존재다. 그저 이곳에 놓여 있는 물건이다.

"그리고."

관리의 목소리와 얼굴 방향이 바뀌었다. 스님을 보고 있지 않다. 등줄기가 서늘해진다.

"요괴가 많이 나온다는 말을 들었습니다."

"그렇습니까?"

"저는 도심에서 많은 짐승들을 쳐냈지요, 이 칼로."

칼집이 움직였다.

"여기 계시는 도련님을 아시지요?"

"물론입니다."

"이 도련님은 아주 영리하시고 주변의 범상치 않은 기운을 잘 감지하시죠. 요괴의 기운을 잘 알아챈다든지 하는 거 말입니다. 그 평판이 확인되면 바로 도성으로 올라가게 되어 있습니다."

"거 참 잘됐습니다."

도성으로 간다. 도련님이 출세할 기회를 잡는다. 도련님은 상경해서 학문에 더욱 매진하고 더 좋은 세상을 만들기 위해 일하게 된다.

정말 좋은 일이다. 기쁘다. 도련님은 좋은 빛을 가지고 있다. 도련님이 세상을 통치하는 사람이 된다면 분명히 좋은 세상이 온다.

하지만.

"메이레이 님."

도련님 이름이다.

"네."

"이곳에, 이 절에 이 세상 게 아닌 것이 있습니까? 요괴가, '있지 않은 자'가 있지는 않습니까? 있다면 알려주십시오. 제가 이 칼로 단번에 쳐내겠습니다."

스님이 숨을 삼키는 게 보였다. 도련님도 마찬가지다.

이건 시험이다.

시험하고 있다.

이 관리가 인정하면 도련님은 도성으로 간다.

관리에게는 내가 보이지 않는다. 안 보인다. 나는 그런 존재다. 그래서 특별한 능력을 지닌 도련님에게 나를 가리키라고 말하고 있다.

나를 죽이면 도성으로 갈 수 있다면서.

나는 얼굴을 위로 들어올렸다.

누군가가 숨을 들이켰다.

도련님을 쳐다보았다. 도련님의 눈동자가 흔들린다. 어떻게 해야 할지 망설이고 있다.

나는 웃었다.

고개를 끄떡였다.

가리키십시오.

그 작은 손가락으로 소인의 모습을 가리키십시오.

그러면 관리는 내 모습을 인식하고 단칼에 나를 두 동강 낸다.

그리고 도련님은 특별한 능력을 지닌 사람으로 인정받고 도성으로 가게 된다.

아아, 안 된다. 도련님이 떨고 있다. 도련님은 나를 인간으로 여긴다. 어떻게 죽이라고 말할 수 있겠는가.

나는 천천히 입을 열었다. 목소리를 내지 않고 도련님에게 말했다.

소인은 괜찮습니다.
죽임을 당해도 죽지 않아요.
다시 만날 수 있습니다.
소인은 이 세상 사람이 아닙니다.

그 순간 도련님의 눈동자가 무언가를 깨달은 듯 반짝였다. 그래, 이제 되었다. 그 손가락이, 팔이, 천천히 움직여서 나를 가리켰다.

"저기에 이 세상 사람이 아닌 자가 있습니다."

잘하셨어요.
도련님, 부디 훌륭한 사람이 되십시오.
훌륭한 사람이 되어서 더욱 살기 좋은 세상을 만들어주세요.
간절히 바랍니다.

이것이 내가 이곳에 지금까지 있었던 이유다.

❀

휴. 끝났구나.

아아, 스님. 오셨습니까?

신경이 쓰여서 말이지. 무사히 자네 생각대로 된 것 같은데.

그렇지요. 안심했습니다.

그 아이도 괴로운 인생을 살았으니까. 이걸로 구원이 되었으면 좋으련만.

되었고말고요. 이제 틀림없이 도련님은 상경할 겁니다.

그리고 학문에 매진할 거고.

그렇지요.

그건 그렇고.

왜 그러시죠?

바쿠라니 참 잘도 생각해냈구먼. 절묘하다는 건 이런 걸 두고 하는 말인가.

불현듯 떠오른 겁니다. 인간이란 무언가를 받을 때 무언가를 주어야 납득하는 법이거든요.

추억을 먹다니. 하긴 죽는 자에게 다른 인생을 준다면 지난 추억은 필요없지. 참으로 절묘하군.

칭찬해주셔서 영광입니다.

시간을 먹는다는 걸 이렇게 사용하다니, 정 많고 형체가 없는 신불님도 자네 계획에는 깜짝 놀라셨을 걸세.

그럴까요.

앞으로도 바쿠로 시간을 먹으면서 선한 사람을 위해서 살 건가?

그럴 생각입니다. 왠지 마음에 들었습니다. 시간을 넘어 시간을 먹고, 인간의 생각을 끄집어 내서 그 바람을 들어 줄까 하고요.

음. 좋구나 좋아.

전 죽은 사람이 아니니까요.

나는 죽은 사람일세. 자, 이제 슬슬 가볼까. 여기는 아무래도 편치가 않아서.

죄송합니다. 쓸쓸한 곳이라서.

하치로, 아니, 바쿠.

네.

잘지내게.

스님도요.

잘있게나.

네.

저는 바쿠입니다.

당신의 추억을 먹습니다.

선한 사람의 추억을 갖는 대신에 다른 인생을 만듭니다.

인생에서 마지막으로 눈을 감을 때, 행복한 꿈을 꾸게 됩니다.

무엇을 바랄지는 자유입니다. 어떤 것이든지.

당신이 그걸 바란다면.

멋진 세상

들립니까?

"들려. 누구냐?"

불러야 한다면 바쿠라고 불러주십시오.

"바쿠? 그게 뭐냐."

모릅니까? 당신 고향에 있는 동물원에도 같은 이름이 있을 텐데요.

"아아, 말레이바쿠(포유류 말레이맥의 일본어 발음-옮긴이)의 바쿠?"

그렇습니다.

"왜 그런 이상한 동물이름이냐?"

제 이름 바쿠는 동물의 바쿠가 아닙니다. 그 동물과 직접적인 연관은 없습니다.

"거 참, 돌려 말하긴. 좀 확실하게 말해봐. 나, 머리 나쁘거든?"

죄송합니다. 바쿠라는 상상 속의 동물이 악몽을 먹는다는 이야기, 들어본 적 없습니까?

"아아, 들어봤어. 그럼 진작 그렇게 말하지. 너 날 무시하냐?"

죄송합니다.

"됐어. 그래, 내가 곧 죽을 테니까 내 꿈을 먹으러 온 거네."

유감스럽지만, 그건 아닙니다.

"그럼 뭐냐?"

그 전에 확인할 게 있습니다.

아쉽게도 당신 생명의 등불은 곧 꺼집니다. 아실 겁니다.

"그런 거 같군. 사고가 났었지. 그 정도는 알아. 그래서 네가 나타난 거잖아. 아하, 바로 그거구나. 말하자면, 저승사자라는 거네."

개념은 비슷하지만, 유감스럽게도 생명을 가져가기 위해 나타난 건 아닙니다.

"그럼 왜 왔냐? 부르지도 않았는데."

후회하지 않습니까? 지난 인생을요.

"후회?"

네.

"후회 빼면 남는 게 없지. 태어난 뒤로 계속 후회했던 거 같아."

그렇습니까.

244

"뭐야, 무슨 말이 하고 싶은 건데? 빨랑 말해. 설마 이 짧고도 엿 같은 인생 이야기를 전부 듣고 싶은 건 아닐 테고."

다시 한 번 돌아가고 싶은 행복한 순간은 없습니까?

"뭐?"

그다지 행복하지 않은 당신 인생 중에서 아주 사소한 일일지라도 행복했던 순간을 다시 한 번 느껴보고 싶지 않습니까?

"뭐야. 그럴 수 있다는 거냐?"

있습니다.

"구라 아니고?"

당신 인생의 '추억'을 제게 주신다면 저는 당신에게 그 순간을 한 번 더 맛보게 해드릴 수 있습니다.

"추억을?"

네. 저는 바쿠이지만 악몽은 먹지 않습니다. 추억을 먹지요.

"이런 엿 같은 추억인데도?"

그렇습니다.

"다시 한 번 느끼고 싶은 행복한 순간이라고?"

네.

"생각 좀 해봐도 되겠냐?"

그러시죠. 별로 시간은 없지만.

"잠깐, 아니야, 없어. 전혀 없어. 내 인생은 전부 엿 같았어. 폭주족이랍시고 까불고 다니다가 사고를 당해 식구들만 귀찮게 했고, 죽은 게 다행이라는 말이나 듣고. 그런 인생인데 행복한 순간이 어디 있나."

시간은 별로 없지만 잘 생각해보십시오. 정말 행복했다고 느낀 순간이 단 한 번도 없었습니까?

"즐거웠던 적은 있었지. 친구들과 함께 신나게 달리고 떠들고. 하지만 그래봤자 주변 사람들에게 또 피해만 주잖아. 그런 거를 뭐하러 다시 하냐."

놀랍군요.

"뭐가?"

자신의 행동이 주변 사람들에게 피해를 준 걸 아는군요.

"당연하지. 내가 바보냐? 하지만 알아도 달리 할 게 없잖아. 끼리끼리 비슷한 녀석들과 사회에 적응하지 못한 녀석들만 꼬이고. 주변에서는 쓰레기 같은 놈이라고 하고. 그것 말고는 할 게 있어야지. 알고는 있었지만."

그렇군요.

"바쿠."

네.

"그, 행복한 순간이라는 거, 나와 관계없는 일도 되는 거냐?"

무슨 뜻이죠?

"내가 한 일이 아니라도 되냐고. 다른 사람에게, 다른 사람 덕에 행복을 느낀 걸 한 번 더 느끼는 건 안 되냐는 거지."

물론 괜찮습니다. 누군가에 의해 주어진 행복한 순간. 그때로 돌아가고 싶다면, 다시 한 번 그걸 느끼고 싶다면 그걸로 충분합니다.

"정말 할 수 있냐?"

할 수 있습니다. 당신의 인생을 그 순간까지 되돌린 다음 그때부터 인생을 다시 살 수 있습니다. 단, 당신도, 다른 사람도 그 다음에 어떤 인생이 펼쳐질지는 아무도 모릅니다. 장담하지 못하죠. 당신이 젊은 나이에 사고로 죽게 된 지금의 인생보다 더 비참한 일이 기다리고 있을지도 모르고요.

"그렇군."

그렇습니다.

"그때로 돌아가서 그때부터의 '추억'은 네가 갖고, 나는 인생을 새로 산단 말이지?"

이해력이 정말 탁월하시군요.

물론 당신은 저에 대해, 지금 나눈 대화, 그리고 한 번 죽은 사실도 모두 잊고 돌아가게 됩니다. 그래서 인생을 제대로 한번 살아보겠다는 의식은 없습니다.

"거의 도박이잖아. 또 구제할 길 없는 인생을 살게 될지 말지."

그렇군요. 어떻게 보면 도박이죠.

하지만 그 행복한 순간을 분명히 다시 맛볼 수는 있습니다.

"승률은 좋다는 거네."

다만 인생을 다시 살다가 생명의 등불이 꺼질 때, 저를 또 만나게 됩니다. 그때 모든 걸 기억하게 됩니다. 첫 번째 인생과 다시 산 두 번째 인생도요. 그래서 다시 돌아간 걸 더 후회하게 될지도 모릅니다.

"아하."

물론 이 제안을 거절해도 됩니다. 그러면 당신은 이대로 죽음을 맞이하고 편안하게 눈을 감습니다.

"그래."

어떻습니까. 유감스럽게도 시간이 없습니다. 결정을 내리시겠습니까?

"할 거야, 해. 돌아갈게."

하시는 겁니까? 다시 말하지만, 인생이 어떻게 흘러갈지 알지 못합니다.

"됐어. 어떻게 흘러가든 지난 인생보다 비참할 리 있겠냐. 해. 이제 뭘 하면 되냐? 빨리 말해. 아니, 가르쳐줘."

아무 것도 안 해도 됩니다. 단지 바라면 됩니다.

"바란다고?"

행복하다고 느낀 순간을 떠올리고 바라십시오. 그때로 돌아가고 싶다고요.

"알았어."

소녀의 이야기

오빠는 참 멋있었다.

무섭지 않았다. 전혀 안 무서웠다.

해골 표시를 붙인 새까만 옷을 입고 쇠사슬을 여기저기 달고 있었지만, 무섭지 않았다. 처음 봤을 때부터 무섭다는 생각은 들지 않았다.

나는 그네를 타고 있었다. 혼자 뭐하니? 라고 묻기에 유치원 친구인 밋짱을 기다리고 있어요, 라고 대답했다. 그랬더니 오빠는 그네 뒤쪽에 있는 난간에 걸터앉았다.

담배를 피우고 있었다. 담배 피우는 표정이 약간 멍해 보였다.

오빠도 누구 기다리냐고 물었더니, 아니라고 대답했다. 아무도 기다리지 않고 기다려주는 녀석도 없다며 웃었다.

어쩐지 좀 쓸쓸해 보였다.

그렇다. 쓸쓸한 표정. 엄마가 가끔 짓던 표정이다. 울 것 같고,

슬퍼 보이고, 쓸쓸해 보이던 얼굴과 똑같았다.

오빠가 그런 얼굴을 한 것 같았다.

쓸쓸해요? 라고 물었더니, 오빠는 웃었다. 재미있다는 듯이 하지만 따뜻하게 웃으며 꼬마가 걱정할 정도니 이제 나도 끝이구나, 라고 말했다.

그래도 고맙다고 했다.

걱정해줘서 고맙다고 말이다.

그래서 난 말했다.

노래 불러줄게요.

항상 엄마한테 불러줬으니까. 내가 노래를 하면 엄마는 금방 기운을 차렸다. 잘한다고 칭찬해주고, 박수쳐주며, 내 노래를 들으면 기운이 난다고 했다. 그래서 오빠에게 말했다.

노래 불러줄게요. 오빠는 어디 한번 불러봐, 라고 말하고는 풀밭에 털썩 앉아 짝짝짝 박수를 쳤다.

항상 부르던 노래.

제일 좋아하는 노래.

열심히 불렀다.

그랬더니 오빠가 깜짝 놀란 얼굴로 나를 쳐다보았다. 노래가 끝나자, 아까보다 더 힘차게 박수를 치며 짱이야 짱! 이라며 감탄했다.

어떻게 그렇게 노래를 잘하냐고 놀라워했다.

오빠는 울고 있었다. 눈에서 눈물이 주르륵 흘러내렸다. 슬퍼한다고 생각했는데, 아니라고 했다.

사람은 감동을 받아도 우는 법이라고 가르쳐줬다. 감동이 뭔지 모른다고 했더니, 오빠는 기쁜 거라고 설명했다.

내 노래가 아주 좋아서 기뻐 울었단다.

오빠는 많이 기뻐했다.

그래서 나도 기뻤다. 오빠가 기운을 내니까 나도 아주 많이 기뻤다.

밋짱이 왔다. 오빠는 잘 있어라, 하며 손을 흔들었다. 이제 가보겠다고 하면서.

나는 또 여기 오면 언제든지 다시 불러준다고 했지만 오빠는 무리일 거라고 대답했다.

오빠는 무서운 사람이라서 이렇게 같이 있는 게 다른 사람들 눈에 띄면 내가 혼날 거란다. 어른들한테.

하지만 오빠는 무섭지 않았다.

정말이다.

오빠는 자상했다.

갑자기 쓰러진 건 3학년 때다.

나도 몰랐다. 체육시간이라서 모두 체육관으로 이동하는데 복도에서 어지럽다는 느낌이 들었다. 엇? 하는 생각이 들었는데 정신을 잃었나보다.

눈을 뜨니까 병원이었다. 엄마가 보였고 아빠가 보였고 언니도 보였다. 모두 갑자기 울음을 터뜨려서 깜짝 놀랐다.

모두들 눈을 떠서 다행이라고 말했다.

아무런 기억도 나지 않았다. 하지만 병원 침대에 누워 있었기 때문에 갑자기 병에 걸려서 구급차에 실려 온 것이라고 생각했다. 그런데 아픈 데도 없고 구토도 나지 않았다. 건강했다.

처음으로 구급차에 탔는데 기억나지 않아서 아쉬웠다. 분명히 금방 나을 거라고 생각했다.

하지만.

나는 그날부터 학교에 갈 수 없었다. 아주 고치기 어려운 병이라고 했다. 의사 선생님이 아빠, 엄마에게 설명해주었고 내게도 설명해주었다.

어려워서 잘 이해가 되지 않았지만, 아무튼 나는 이식이라는 걸 받아야 한다고 했다. 그런 병에 걸린 것이라고.

그리고 이식을 하지 않으면 오래 살지 못한다는 말도 들었다.

처음에는 뭐가 뭔지 잘 몰랐다. 살지 못한다고 했지만 이렇게 살아 있으니까. 죽는 게 뭔지도 몰랐다. 할아버지가 돌아가셨을 때 이제 못 만난다는 생각에 슬퍼했던 건 기억하지만 내가 죽는다는 건 어떤 의미인지 잘 몰랐다.

하지만.

조금씩 조금씩 몸 상태가 나빠졌다. 몸 여기저기에 여러 가지 튜브가 달렸다. 마음대로 움직이지 못하게 되자 이상한 꿈을 꾸기 시작했다.

시커먼 것이 온몸을 조여오고 나는 옴짝달싹도 하지 못한다. 그 시커먼 것은 내 입을 통해 몸속으로 침입한다. 나는 점점 까맣게 변해간다. 주변도 온통 까맣게 되고 내 몸인지 밤의 어둠인지도 점점 구분이 가지 않는다.

그런 꿈이다.

그런 꿈을 꾸게 되자, 아아 이게 죽는 거구나, 라는 생각이 들어 무서워졌다. 눈물이 났다.

울었다.

펑펑 울었다.

나는 강한 아이였는데.

우는 친구들을 위로하는 편이었는데. 활발한 여자 아이였는데.

하지만 생각이 났다.

그래, 노래가 있었구나.

나는 노래하는 걸 아주 좋아했다. 어릴 때부터 항상 노래를 불렀고 모두들 잘한다고 칭찬해주었다. 유치원 재롱잔치에서도 혼자 노래를 불렀고, 학예회 합창시간에도 솔로를 맡았었다.

내 노래를 들은 사람들은 눈을 동그랗게 뜨며 힘차게 박수를 쳤다.

나는 다시 노래를 부르기 시작했다.

병실에서도 불렀다.

내가 가장 좋아하는 노래를 불렀다.

그랬더니 의사 선생님, 간호사 선생님, 다른 병실에 입원해 있던 사람들이 모두 내 노래를 들으러 왔다.

모두들 잘한다고 칭찬해줬다. 희망이 생겼다며 우는 사람도 있었다. 더 불러달라며 입원한 환자들이 병원 홀로 모여들었다. 모두 내 노래를 들었다.

죽고 싶지 않았다.

더 노래하고 싶었다.

더 살고 싶었다.

남자의 이야기

그 청년이 우리 앞에 나타난 건 아이가 입원한 지 얼마 지난 뒤였다.

기억한다. 6월 말 일요일.

무척 놀랐다. 옷차림이 그랬으니까. 한눈에 폭주족이라는 걸 알아봤다.

하지만 시비를 걸러 온 게 아니라는 것도 알았다.

눈을 보면 안다.

아주 진지하고 바른 눈빛이었다. 태도도 진지했고.

허리가 부러지는 게 아닌가 싶을 정도로 기세 좋게 인사를 하고는, '갑자기 찾아와서 죄송합니다'라고 말했다.

그리고 딸아이에 대해 물었다. 가지고 온 신문 기사를 주섬주섬 꺼내 내게 보여줬다. 맞았다. '기적의 목소리', 딸애의 기사. 입원한 병원에서 노래를 불러 많은 사람들을 기쁘게 해준다는 내용. 이식수술을 해야 한다는 것도 써져 있었고, 그 비용이 엄청나다는 사실도 쓰여 있었다.

그리고 이식을 받지 못하면 살 수 없다는 것도.

청년은 이 기사에 써진 게 정말이냐고, 약간 더듬거리며 물었다.

공손하게 말하기 위해 애쓰고 있었다. 평소에는 비슷한 무리 속에서 거친 말투를 썼을 것이다.

그 청년이 정말 진지하게 물어본다고 생각해서 나 역시 진지하게 답해주었다.

사실이에요, 라고.

딸은 이식수술을 받아야만 더 살 수 있다고. 얼마나 버틸지는 모르지만 1년, 2년, 3년 정도일 거라고 의사가 말했다고. 그리고 그 수술에 드는 비용은 엄청난데 나는 감당하지 못한다는 말도 덧붙였다.

그러자 청년은 도대체 얼마가 필요한지를 물었다. 그것도 솔직히 알려주었다.

깜짝 놀라는 듯했다. 그럴 만도 하다.

청년은 잠시 생각에 잠기는가 싶더니, 뉴스에서 본 적이 있다고 말했다. 모금을 해서 돈을 모을 수 있을 거라고.

나도 그걸 시작해보려 한다고 답해줬다.

그랬더니 자신도 해도 되겠느냐고 묻는 것이다. 그렇다. 모금 활동을 해도 되겠냐고 내게 묻고 있었다.

이상했다. 나도 솔직하게 물어보았다.

왜 그러느냐고.

이런 말 해서 미안하지만 그쪽은 폭주족이 아니냐고. 우리 딸과는 아무 상관도 없지 않냐고. 그런데 왜 모금활동을 하려고 하느냐고 물었다.

청년은 또 잠시 생각에 잠겼다.

그리고 입을 열었다.

안 믿으실지 모르지만요.

그 애가 유치원 다닐 때쯤 공원에서 만났어요.

그래요. 구루미 공원입니다. 집이 거기서 가깝거든요.

혼자 그네를 타고 있었는데 좀 위험해 보였죠. 아, 오히려 제가 위험해 보였을 거라는 건 알지만, 나요, 어린 애한테 장난치는 놈은 아니에요.

옆에 다른 사람이 올 때까지 봐줄까 싶었어요. 그랬더니 그 애가 노래를 불러주었어요.

나를 무서워하지도 않고 가까이 와서 쓸쓸해 보이니까 노래 불러줄게요, 라고 했어요.

자기 노래를 들으면 모두 기운이 난다고 했으니까 오빠한테도 불러준다고요.

그리고 진짜로 불러주었어요.

나, 정말 눈물이 났어요.

정말, 정말로 이 애가 부르는 노래는 도대체 뭔가, 싶었죠.

눈물이 맺히더니 주르륵 흘렀어요. 그 순간에는 이런 나조차도 제대로 살 수 있지 않을까 싶더군요. 전혀 사람답게 살지 못했지만, 그때는 그런 생각을 할 정도로 감동 먹었죠.

그래서, 그래서.

잘 표현이 안 되는데.

그 애를 위해서 뭔가 하고 싶어졌어요. 정말입니다. 거짓말 아니에요. 꿍꿍이 같은 건 없다고요.

거짓말이 아니라고 생각했다. 거짓말일 리 없다는 생각이 들 정도로 청년의 태도는 진지했다.

청년은 몇 년 전에 만난 우리 딸애를 여태 기억하고 있었다. 딸애의 노래를 한 번 더 듣고 싶었지만 자신 같은 사람이 주변을 얼씬거리면 폐가 될 거고, 자신도 오해받기 십상이라서 근처에 가지 않았다고 했다.

하지만 딸애의 노래를 잊은 적은 없었다고.

괴롭고 슬프고 쓸쓸할 때면 항상 딸애가 불러준 그 노래를 떠올렸다고.

기사에 난 사진을 보고 우리 딸이라는 걸 바로 알았던 모양이다. 그리고 뭔가 힘이 돼주고 싶어서, 가만히 있을 수 없어서 이렇게 왔다고, 청년은 말했다.

물론 기뻤다.

딸애의 노랫소리에 그처럼 사람을 감동시키는 힘이 있었는가 싶었다. 청년의 아름다운 마음을 받을 수 있어서 기뻤다.

그래서 말했다.

만약 젊은이가 정말로 딸애를 위해 뭔가 하고 싶다면 먼저 폭주족을 그만두라고.

젊은이가 하는 행동 때문에 많은 사람들이 피해를 입고 있다, 젊은이들은 법률을 어기고 있다, 그래서 젊은이가 딸애를 위해서 무언가를 하고 싶다면 부탁한다, 올바른 삶을 살아 달라.

만약 젊은이가 폭주족을 그만두고 제대로 된 직장을 잡아서 생활을 한다면 그게 딸에게 큰 힘이 될 거라는 말도 했다.

만약 그렇게 해준다면 반드시 딸에게 전하겠다, 이런 사람이 있단다, 라고 전해주겠다고 했다. 그리고 젊은이를 위해서라도 병을 고쳐야 한다는 말도 하겠다고 약속했다.

• • •

다음에 그 청년이 다시 나타났을 때 나는 또 한 번 놀랐다.

완전히 다른 사람이 되어 있었다. 머리는 단정했고 옷차림도 평범했다. 혼자가 아니었다. 친구 세 명과 함께 왔다.

세 사람은 같이 어울리는 사이처럼 보였지만, 모두들 청년처럼 평범한 머리와 옷 스타일을 하고 있었다. 깎은 눈썹만이 지난 흔적을 보여주고 있었다.

그들이 돈을 가지고 왔다.

딸애의 수술비에 보태달라고. 꽤 많은 액수였다. 적어도 두세

달은 아르바이트를 해야 벌 수 있는 금액이었다.

물었더니, 오토바이를 팔았다고 했다.

폭주족에서 손을 씻었다고 했다.

기뻤다, 순수하게. 딸애를 위해서 다시 일어서려고 했다는 게 정말 기뻤다. 돈도 고맙게 받기로 했다.

청년이 말했다. 모금활동을 돕고 싶다고. 물론 대환영이었지만 그의 제안에는 눈이 휘둥그레졌다.

지금부터 걸어서 일본 전역을 돌겠다는 것이다. 청년은 직접 만든 깃발을 펼쳐 보였다. 폭주족으로 질주할 때 휘둘렀던 깃발 같았지만 거기에 써진 글자는 알아볼 수 있었다.

딸애를 위해 만든 모금활동 이름과 자신은 폭주족을 그만두고 이 활동에 참가했다고 써져 있었다.

플래카드에는 왜 이 일을 시작하게 되었는지도 써져 있었다. 그리고 동료들에게 호소하고 있었다.

'달리는 걸 그만두고 함께 걸어가자. 걸어서 모금활동을 하자.'

그랬다. 신문과 텔레비전에서 엄청난 반향을 불러일으킨 그 모금활동이었다.

청년은 그날부터 걷기 시작했다.

일본 전역, 폭주족이나 비슷한 부류의 청년들이 있는 곳에 그 깃발과 플래카드를 들고 가서 설득하며 걸은 것이다.

놀랐다. 한 사람, 또 한 사람 동지들이 늘어났다.

모두 오토바이를 팔아서 모금함에 돈을 넣고 그 차림 그대로 걸어서 모금활동에 참여했다. 정말로 믿기지 않았다. 듣자하니 딸애가 노래하는 비디오테이프도 가지고 다닌다고 했다. 병원 환자가 딸애가 노래하는 모습을 찍어서 보내주었다고. 물론 허락해주었다. 그게 도움이 된다면 사용하라고 했다.

처음에는 모두 노숙을 했다고 했다. 정말 몸뚱이 하나로 모금활동을 한 것이다. 마치 탁발승처럼.

하지만 점점 세간의 관심을 끌면서 도움을 주는 사람들이 생겨나기 시작했다.

모금은 얼마 못하지만 대신 주먹밥과 음료수라도 가져가라고 하는 사람이 나타났고, 가는 길목에 있는 집들에서도 계속 무엇인가를 내주었다.

잘 곳이 필요할 거라며 텐트와 침낭을 가져오는 이도 있었다. 캠핑카로 청년들의 카라반(각지를 돌며 홍보, 판매, 취재활동을 하는 일단-옮긴이) 행렬에 참여하는 사람들도 나타났다. 그렇다. 그 무렵에는 카라반 행렬이라고 해도 될 정도로 사람들의 수가 늘어나 있었다.

남에게 피해만 주던 청년들이 속속 참여했다. 평범한 청년들도 참가했다. 사람들의 수가 50명을 넘기자, 이번에는 경찰들이 협조하기 시작했다. 늘어난 사람들이 이대로 도로를 걸으면 교통에 방해된다. 지나갈 경로와 숙소를 미리 정해서 경찰들이 선도하고 정리를 하기 시작한 것이다.

표현이 별로 좋지는 않지만, 통쾌했다.

경찰과 전 폭주족이라니. 그 두 조직이 협력하는 모습이 전파를 타고 일본 전역으로 퍼지기 시작했다.

통쾌했고 그 뉴스를 볼 때마다 눈물이 났다. 감사합니다, 감사합니다, 라며 저도 모르게 중얼거렸다.

몇 번이나 머리를 숙이고 합장을 했다.

아무리 감사하다고 해도 부족할 지경이었다.

청년의 이야기

죽을 각오였다. 폭주족을 그만둘 때는.

그만두기만 하는 게 아니라 그 일에 협력해달라는 말까지 하고 말았다. 이 자식 미친 거 아냐, 라는 욕설과 몰매가 쏟아져도 어쩔 수 없는 상황이었다.

하지만 깜짝 놀라고 말았다.

가장 먼저 고개를 끄떡인 사람은 대장이었다. 믿어지는가? 다른 사람도 아닌 대장이 말이다.

"그 애는 돈만 있으면 살 수 있는 거냐?"고 대장이 물었다.

그래서 가르쳐주었다. 이식수술을 하면 분명히 더 살 수 있다,

하지만 수술비용이 어마어마하고 돈이 모아져도 기증자라는 사람이 나타나지 않으면 수술도 못한다고.

어떻게든 도와 달라, 조금이라도 좋으니까 돈을 모으고 싶다, 그래서 내 오토바이도 팔 거라고 했다. 그랬더니 대장이 고개를 끄덕했다.

"네놈 그런 얼굴 처음 봤다"고 말하면서.

허락해주었다. 그만두는 걸. 더구나 내 말에 찬성하는 녀석들은 따라가도 좋다고 했다. 아무런 제재도 없이 허락해주었다.

대장은 음악을 좋아했던 거다. 기타실력이 뛰어나다고 했으니까.

그래서 그 애의 노래를 어디선가 듣고서 얼마나 근사한지 안 게 아닐까. 그래서 허락해주었을 것이다. 폭주족이라고 해서 모두 악마 같은 녀석들만 있는 것은 아니다. 제대로 된 녀석도 있다.

아버지.

그 아이의 아버지. 좋은 사람이었다.

나 같은 녀석의 말을 전부 들어주었다. 그리고 알아주었다. 내가 진심이라는 걸 믿어주었다.

무리하지 말라고 했다. 그 마음만으로도, 소중한 오토바이를 팔아서 돈을 마련해준 것만으로도 그보다 더 고마울 수는 없다고 했다. 그러니 무리해서 일본을 전부 돌아다닐 필요는 없다고. 그래도 한번 결정한 일인데 어떻게 그만두겠는가.

기필코, 기필코 해내겠다고 결심했다.

설령 나 혼자가 되더라도 끝까지.

그래서 한 명, 또 한 명 동지들이 늘어날 때마다 정말로 기뻤다. 나 같은 바보도 누군가에게 도움이 된다. 누군가가 내 말을 진지하게 들어준다. 그리고 함께 걸어준다.

이 세상에 행복이라는 말은 알고 있지만 정말로 느끼는 사람은 얼마나 될까?

나는 느꼈다. 정말 행복했다. 세상에서 가장 행복한 폭주족, 아니 이제 그만두었으니까 폭주족 출신일 거라고 생각했다.

하지만 우쭐거리고 있을 수는 없었다. 나는 어디까지나 그 애를 위해서 이걸 하고 있는 것이다. 다른 사람들이 모여들고 있는 것도, 그 애를 위해서다. 나를 위해서가 아니다. 내 힘이 아니다.

그 애가 모두를 움직이게 만들었다. 이 일이 끝나도 나에게 남는 건 없다. 말하자면 간신히 그동안 지은 죄를 조금이나마 갚았다는 정도다.

단, 한 가지.

하나만 소원을 들어주었으면 좋겠다고 생각했다. 진정 바랐다.

이 일이 끝나면 그 애를 만나고 싶다.

만나서 한 번만 더 그 애의 노래를 듣고 싶다.

・・・

　시간은 정말 잔인하다.

　쉬지 않고 지나가버린다. 이쪽에서 아무리 기다려달라고 부탁해도 돌아보지 않는다. 눈 깜짝할 사이에 가버린다.

　그렇다. 기사에도 났듯이 돈은 꽤 모였다. 내가 동료들과 함께 일본 전역을 걸어 다니며 모금활동을 해서 모은 돈은 솔직히 엄청난 액수였다.

　믿기지 않았다.

　물론 내 덕은 아니었다.

　나는 순전히 계기에 불과했다.

　그때까지 나는 이 세상을, 다른 사람을 믿지 않았다. 오직 폭주족 동료들만 믿었다. 나쁜 짓만 실컷 해온 동료들. 아버지나 어머니도 믿지 못했다. 나를 낳아서 키워준 부모님인데도 말이다.

　하지만 이 카라반 행렬 덕에 다른 사람들을 믿게 되었다.

　이 세상은 그래도 살 만한 곳이었다.

　위선이라는 사람도 있었다. 피해를 준다며 트집을 잡는 사람도 있었다. 그저 유명세를 타고 싶어서 그러는 거라는 사람도 있었다. 면전에 대고 불평을 늘어놓는 사람도 있었다.

　하지만, 하지만 말이다.

　위선이라도 상관없었다.

초등학생이, 아직 아무 것도 모르는 아이가 용돈 백 엔을 쥐고 와서 눈앞에서 모금함에 넣었다. 열심히 하세요, 라며 내게 악수를 청했다.

그런 모습을 비판하는 인간들이 있다는 게 믿기지 않았다. 예전의 나 같으면 모두 내팽개쳐버렸겠지만, 그러지 않았다. 더 많은 사람들이 도와줬으니까.

그렇다. 여러 언론에서 취재를 하러 왔다. 텔레비전과 라디오, 잡지사와 신문사에서도 왔다. 기획사에서도 찾아왔다.

웃기지도 않는다. 나한테 연예인이 되어서 텔레비전에 나가란다. 이건 비밀인데 정치가도 다녀갔다. 선거에 나가라고 말이다. 말이 되는 소린가. 이 인간들은 도대체 무슨 생각을 하고 있는 건가.

들뜨지 않았다.

그 애의 아버지 덕이다.

그 사람은 쉬는 날이면 자동차를 타고 우리를 찾아왔다. 먹을 것을 들고서. 찹쌀떡을 좋아한다고 했더니 항상 사가지고 왔다. 맛있었다. 정말로 맛있었다.

그 사람이 말했다. 고맙다고. 내가 정말로 폭주족을 그만두어서 기쁘다고, 그러면서 미리 말해두고 싶다고 했다. 지금부터는 여러 사람들이 와서 여러 이야기를 할 것이라고. 많은 유혹이 있을 것이라고.

하지만 잘 생각하라고 했다.

이 일이 끝나도 자네에게는 새 인생이 기다리고 있다고, 그것을 똑바로 바라보아야 한다고 말이다.

지금 그 애, 딸애를 가장 우선으로 생각해주는 건 고마운 일이고 정말로 기쁘지만 사실 자기 자신을 가장 먼저 생각해야 한다고 말해주었다.

앞으로의 내 인생을 잘 생각해보라는 뜻이었다. 그게 그 애를 위하는 것이기도 하다고 했다.

잔소리라고 생각했던 어른들의 충고도 순순히 받아들였다.

바꾸려고 노력하면 바뀐다는 게 스스로도 신기했다.

결국 반년 넘게 걸어 다녔다. 내 카라반만이 아니라 많은 사람들이 그 애를 위해서 모금을 해주었고, 수술비용을 댈 수 있을 정도로 충분한 돈이 모였다.

이제 수술을 할 수 있다.

그 애가 살 수 있다.

만족스러웠다. 카라반의 동지들과 악수를 나눴다. 서로 얼싸안았다. 이제 헤어지지만 모두 열심히 살아가자고 다짐하며 헤어졌다.

하지만, 덕분에 분별력도 생기고 모두 행복하게 잘 살았습니다, 얼씨구나 좋을씨고, 라며 끝나지 않는다는 사실도 어렴풋이 깨닫고 있었다.

폭주족을 그만두고 제대로 일해보려고 했지만 뜻대로 되지 않아서 결국 다시 바닥 생활로 돌아간 녀석도 있었다. 알고 있었다. 만나러 가기도 했지만 나한테 무슨 힘이 있겠는가.

무력감도 충분히 느꼈다.

그래도 믿어야 했다.

함께 돌아다니며 그 애를 위해서 돈을 모은 건 사실이다. 대성 공이었다. 그 사실을 마음속에 잘 간직하고 있으면 힘을 낼 수 있을 거라고 생각하는 수밖에, 열심히 살라고 바랄 수밖에 없었다.

하지만, 하지만.

시간은 잔인하다.

그래, 안다.

그 애가 살지 못한 건 그 누구 탓도 아니다.

단지 기증자가 없었기 때문이다. 빨리 찾지 못했던 것뿐이다.

신이 잔인했던 것뿐이다.

그 애 아버지가 찾아왔다.

단 둘이서 이야기를 나누었다. 처음이었다. 알게 된 지 2년쯤 지났지만, 둘이서만 차분히 이야기를 나눈 적은 없었다.

그가 말해주었다.

고맙다고. 자신이 딸애를 위해서 열심히 힘을 낼 수 있었던 건

다 내 덕이었다고.

아무 상관도 없는 내가 열심히 움직여준 덕에 좌절하지 않았다고. 열심히 노력할 수 있었다고. 딸애가 세상을 떠나도 견딜 수 있었다고. 사람의 마음을 계속 믿을 수 있게 되었다고.

고맙다고.

그래서 딸애는, 그 애는 죽었지만, 젊은이, 그러니까 나는 잘 살아주기를 바란다고.

살아서, 계속 살아서 그 애가 이 세상에 살았다는 증거를 계속 말해달라고.

내가 열심히 살아가면 그 애도 계속 내 안에 살아 있는 거라고. 그 애도 계속 살아가는 거라고.

그래서 결코 하늘을 원망하거나 침울해지지 말았으면 한다고.

분명히 딸애도, 그 애도 그걸 바라고 있을 거라고.

내가 웃는 얼굴로 하루하루를 살고 또 살아가기를 바란다고.

• • •

수십 년이 지나도 잊은 적 없습니다.

그날, 그 애의 웃음 띤 얼굴.

불러준 노래.

그 애의 목소리.

내가 무얼 할 수 있을지 매일같이 물었습니다. 학력도 없고, 머리도 나쁘고, 변변찮은 기술도 없는 내가 어떻게 살아서 그 애가 살았다는 증거를 널리 알릴 것인가.

나는 무엇을 해야 하는가.

예를 들어, 열심히 공부해서 고졸 검정고시를 보고 대학에 들어가서 변호사나 의사가 되었으면 좋았을 겁니다. 하지만 아쉽게도 나는 정말로 머리가 좋지 않았습니다. 쓴웃음이 나오지만 정말입니다.

그때의 성취감을 잊지 못했습니다.

곳곳을 누비며 걸어 다닌 시간이 반년.

도착한 순간의 고양감.

그래서 산에 오르자고 결심했습니다. 단순하죠? 정말로 단순한 바보입니다.

그걸 직업으로 삼으려는 생각은 없었습니다. 단지 그 카라반 행렬을 할 때 알게 된 사람 중에 잡지 편집자가 있었을 뿐입니다. 그렇습니다. 저에 대한 책을 써준 분이죠.

좋은 분이었습니다. 그때의 내 심정을 잘 이해해서 제대로 된 기사를 써주고 그 애가 세상을 떠났을 때에도 와주었습니다. 나를 친구라고 생각해주었고, 여러 가지 의논상대가 되어주었습니다.

그 사람에게 물었습니다. 산에 오르는 것에 대해서요. 예전에 그 방면의 기사도 써봤던 덕분에 내게 많은 정보를 주었습니다. 어느 산이 좋은지, 어떠한 장비가 필요한지 등. 잡지 과월호도 보내주었습니다.

단순하게 다시 한 번 모든 걸 잊고 걷고 싶기도 했고, 정상까지 올라가면, 즉 목적을 달성하면 어떠한 감정이 드는지 확인하고 싶었습니다.

그러는 사이에 일을 저질러버렸습니다. 전 세계 산들에 도전장을 내밀었죠. 더구나 단독무산소등정을요. 스폰서도 생기고 그러는 사이에 '등산가'라는 직함도 생기고, 전적이 있다 보니 훌륭하게 갱생한 불량소년이라며 강연을 요청받기도 했습니다.

참 이것저것 많이 하는군요. 그럭저럭 착실하게 살았다고 생각합니다. 이 모든 게 다 그 애 덕분이죠.

그 애가 내게 노래를 불러준 그날.

그때부터 내 인생은 바뀌었습니다. 그 애가 내 인생을 바꾸어주었어요.

내가 이렇게 여러 일을 하고 젊은이들에게 이야기를 하러 다니는 것도 어쩌면 내 이야기를 듣고 누군가가 인생을 다시 시작할지도 모른다는 기대감 때문입니다. 그날의 나처럼요.

내가 그 애의 노래처럼 사람을 감동시키지는 못하겠지만, 일말의 가능성을 믿습니다.

산에는 지금도 오르고 있죠.

예전처럼 무리할 수는 없지만, 이제는 생활의 일부니까요.

옛날에도 그랬지만 지금도 산에 올라가서 가장 처음에 하는 일이 있습니다.

그 애의 노래를 듣는 겁니다.

이어폰에서 흘러나오는 작은 목소리.

수십 년 전과 똑같은 그 애의 노랫소리가 봉오리를 타고 건너갑니다. 바람을 타고 구름 융단 위를 미끄러지듯이, 날듯이, 세상 위로 퍼져나갑니다.

그게 눈에 보이는 것 같습니다. 그 애의 노랫소리가 많은 사람들에게 행복을 전하는 모습을요.

그걸 느끼고 싶어서 산에 오르는지도 모르겠습니다.

들립니까?

"어, 바쿠잖아? 오랜만이야."

이제 곧 당신 생명의 등불은 꺼집니다.

"그래. 두 번째지."

제가 생각났습니까?

"기억나. 네가 말했잖냐. 다시 죽을 때 전부 기억날 거라고."

그랬습니다. 그건 그렇고.

"왜?"

처음으로 돌아간 거 같군요. 그 말투와 모습. 젊은 시절로요.

"그렇군. 역시 이게 내 본성 아닐까? 등산가니, 모험가니 하는 건 단지 직함일 뿐이고. 대학 객원교수도 했지만 말이야. 내 뿌리는 역시 단순한 바보인 거야."

그렇지 않습니다. 아주 훌륭한 삶이었습니다. 당신의 이야기에 감명 받은 젊은이들도 많습니다.

"그게 별거냐. 조금이라도 세상에 도움이 됐다면 인생을 다시 산 게 헛된 건 아니라고 생각하지만."

하지만?

"응, 그렇지만."

행복한 순간은 오지 않았습니까?

"뭐야, 너 모르고 있는 거냐?"

저는 전지전능한 신이 아닙니다. 당신이 어떠한 순간을 행복한 순간이라고 생각하고 그때로 돌아갔는지 모릅니다.

"그렇군. 하지만 그 애 노래는 들었지?"

들었습니다. 정말 훌륭했습니다.

"그치? 그 순간이야. 내가 다시 한 번 느끼고 싶었던 건 그 애의 노래를 듣는 그 순간이었어."

그렇다면 다시 한 번 느낀 거네요. 더구나 그 뒤로 그 애는, 그 애의 노래는 당신 인생의 버팀목이 되었습니다.

"그래. 맞아."

그리고 젊은 나이에 죽은 이전 인생과 비교도 안 될 정도로 길고 행복한 인생을 살았습니다.

"하지만 말이지."

네.

"이제와 어쩌겠냐만. 난 그 애가 살기를 바랐어. 이전 인생에서도 계속 그걸 바랐어. 그 애의 병에 대해서 안 뒤로 계속해서 그 애가 살기를 바랐다고. 반드시 나았으면 좋겠다고 생각했어. 내가 뭘 할 수 있을까 생각했는데, 결과를 보여주기도 전에 나는 죽어버렸어. 그리고 너를 만났지."

그렇습니까.

"이번 인생에서 무언가를 하려고 노력한 건 그런 생각이 있었기 때문일 거야. 아무 것도 기억하지 못한다고 해도."

그럴 겁니다. 당신은 정말 열심히 했으니까요.

"하지만 노력해도 안 되었어. 결국 그 애는 죽었잖아. 나는, 뭐랄까, 자기만족에 겨운 인생을 다시 한 번 산 것뿐이야. 한심하게도."

그렇게 생각하십니까?

"그래."

저는 그렇게 생각하지 않습니다.

"나는, 내가 계속 사는 것보다, 훌륭한 인생을 사는 것보다, 그 애가 살기를 바랐어. 단지 그게 다였어. 두 번이나 인생을 살았는데 결국 나는 그 애를 위해서 아무 것도 하지 못했으니까. 하긴, 쓰레기 같은 사내라는 건 똑같았지."

그렇지 않다고 생각합니다만.

"아니야."

"바쿠?"

네.

"왜 그러냐? 너, 순간 사라졌던 거 같은데."

잠시 준비를 했습니다.

"준비? 무슨 준비인데? 나를 맞을 준비인가?"

아닙니다.

실은 규칙위반입니다만, 그 준비를 좀 했습니다.

"규칙위반?"

하지만 이 규칙은 제가 만든 거니까 깨는 것도 저의 자유이지만요.

"뭔 소린지 잘 모르겠네. 죽기 전에 재미있는 거라도 보여주려면 빨리해. 시간도 별로 없잖아."

이 분을 아십니까? 서로의 모습이 보이도록 했습니다.

안녕하세요?

"어?"

이 상황에서 오랜만이에요, 라고 인사하는 건 이상하지만.

"당신, 설마."

이렇게 어른의 모습으로 만나는 건 처음이지만, 유치원 때 그 공원에서 만난 적이 있죠.

"너! 아니, 하지만, 어떻게 그렇게 커버렸지?"

당신은 이전 인생에서 오토바이 사고로 죽었습니다.

"어, 그래."

하지만 그 전에, 그 사고가 나기 전에 장기기증 등록을 했습니다.

"그래, 했어."

그 아이가 아프다는 걸 알고 본인이 할 수 있는 게 없을까 싶어서 등록을 한 것이죠.

"맞아, 내가 할 수 있는 건 그것밖에 없었으니까."

당신은 사실, 이전 인생에서 그 아이를 구했습니다.

"뭐?"

저는 당신에게 장기를 제공받았어요. 이식수술을 받아서 이렇게 클 수 있었던 거죠. 노래를 부를 수 있었던 거예요. 당신이 오토바이 사고로 세상을 뜬 뒤에도 저는 계속 살아서 좋아하는 노래를 불렀어요. 이건 제가 눈을 감을 때의 모습이에요. 어른이 된 저의 모습이죠.

"구라 치지 마, 바쿠! 어디 있나!"

네. 여기 있습니다.

"정말이냐?"

사실입니다.

당신은 이전 인생에서 아무 것도 하지 못했다, 다음 인생에서도 그 아이를 구하지 못했다, 자신의 인생은 아무런 의미가 없었다, 여전히 쓰레기였다고 하지만 그렇지 않습니다. 당신은 이전 인생에서 글자 그대로 자신의 생명으로 그 아이를 구하고, 생을 마감했습니다.

"그럼, 내가 이번 인생에서 한 일은 아무 의미가 없던 거잖아. 그 아이를 구하지 못한 거잖아. 그 애는 이전 인생에서는 계속 살았는데."

제가 부탁을 드렸어요. 바쿠 씨에게요.

"네가?"

저는 당신 덕에 병을 이기고 살 수 있었어요. 죽을 때 바쿠 씨

를 만났고 인생을 다시 한 번 산다면 무엇을 하고 싶으냐고 묻기
에 당신의 일을 부탁드렸어요.

"말도 안 돼."

자신의 생명을 구해준 당신이, 자신의 노래를 듣고 감명 받은
당신이 다시 한 번 열심히 살게 해달라고 이 분이 부탁을 한 겁
니다. 물론 조건은 당신과 같았습니다. '그 뒤의 인생이 어떻게
될지는 모른다. 하지만 분명히 그분 인생은 바뀐다.' 이 분은 그
걸 믿은 겁니다.

"내 까짓 게 뭐라고."

기뻤어요. 당신의 인생을 계속 지켜봤어요. 저를 위해서 모금
활동을 펼치며 카라반을 하고 전국을 돌고 고생하면서, 훌륭한
인생을 사시는 걸 저는 이곳에서 계속 지켜봤어요. 감사합니다.

"어, 어떻게 그런 일이."

이런 적은 처음입니다.

사람과 사람을 만나게 하는 건요.

"바쿠."

유감스럽지만, 당신 생명의 등불은 이제 곧 꺼집니다.

저와 헤어져야 합니다.

"너와 헤어진다고?"

두 분은 더 이상 이곳에 계실 수 없습니다. 앞으로 어떻게 될

지는 저도 모릅니다.

하지만, 어쩌면.

"어쩌면? 뭔데 그래? 갑자기 사라지지 마. 바쿠! 이봐!"

이제 헤어져야 하네요. 바쿠.

네, 헤어져야 합니다.

어쩌면 두 분은 앞으로의 인생이 있을지도 모릅니다.

그때에는 두 분이서 행복한 인생을 사시기를 바랍니다.

"이별의 악수라도 한번 하고 가라."

안녕히 계세요. 그럼 이만.

안녕히 가세요.

"잘 가!"

저는 추억을 먹습니다.

선한 사람의 추억을 갖는 대신에 다른 인생을 만듭니다.

인생에서 마지막으로 눈을 감을 때, 행복한 꿈을 꾸게 됩니다.

무엇을 바랄지는 자유입니다.

어떤 것이든지.

당신이 그걸 바란다면.

원하면, 모든 게 변한다고 생각하지 않습니까.
바라면, 이 세상은 더 좋아진다고 생각하지 않습니까.

저는 시간을 먹는 바쿠입니다.
저는 믿습니다.
사람이 무언가를 바라는 마음이 얼마나 강한지.

마음이 따뜻해지는 시간 속으로

생명의 등불이 꺼지려는 순간 '바쿠'가 나타나 속삭인다. 지난 인생의 한 시점으로 돌아가 다시 살 수 있는 기회를 주겠다고.

하지만 새로운 인생이 어떻게 전개될지는 전혀 알 수 없다. 지난 인생보다 빨리 생을 마감할 수도 있고 불행해질 수도 있다. 그렇지만 이 작품에 등장하는 인물들은 모두 지난 시간으로 돌아가길 원한다. 그렇게 하겠다고 결심한다. 돌아가는 방법은 간단하다. 운명의 상대를 잃어버린 밤, 지금의 일을 선택한 그날 등 머릿속에 떠오르는 인생의 분기점들 중 돌아가길 원하는 시점을 떠올리며 간절히 바라기만 하면 된다. 그러한 열망이 결국 마법 같은 순간을 만들어낸다. 그들은 다시 한 번 살고 싶은 생의 한 시점으로 돌아가 자연스레 처음과는 다른 행동과 말을 하면서 원하던 방향으로 삶을 이끌게 된다. 인간의 강한 의지가 인생에 얼마나 큰 영향을 미치는지 알게 된다.

그러나 이 소설의 묘미는 그러한 '해피엔딩'에만 있는 건 아니다. 원하는 삶을 사는 것으로 완결되었다면 이야기는 지극히 평범해졌을 것이다. 그 평범한 해피엔딩에서 작가는 한 발자국 더 나아갔다. 그것이 바로 이 작가의 능력이다.

각 이야기의 주인공들은 '자신만을 위한 인생'을 선택하지 않는다. 그들이 선택한 두 번째 삶은 자신이 소중하게 생각했던 누군가를 위한 것이다. 그리고 그 선택 또한 자신의 의지의 결과물이기도 하고 아니기도 하다. 즉 내가 누군가를 소중하게 여기듯이, 나를 소중하게 여기는 또 다른 이의 소원이 내 인생에 영향을 미치고, 그 따뜻한 순환 고리는 한없이 계속된다는 것을 이 작품은 알려준다.

실제로 인생은 자신의 선택이나 의지만으로 만들어지지 않는다. 여러 가지 외적인 요인과 우연을 통해 전혀 다른 모습으로 바뀌기도 한다. 그러니 인생을 잘 이끌어나가기 위해서는 자신뿐 아니라 다른 누군가의 바람이나 존재가 필요하다는 것, 즉 사람은 혼자 사는 게 아니라는 것을 이 작품은 가장 따뜻한 방법으로 알려준다. 그것을 반전이라는 형식을 사용해 소설적 재미까지 획득한 작가에게 찬사를 보낸다.

2010년 12월 김윤수

너를 위한 해피엔딩

초판 1쇄 인쇄 2010년 12월 17일
초판 1쇄 발행 2010년 12월 20일

지은이 쇼지야 유키
펴낸이 김선식
펴낸곳 (주)다산북스
출판등록 2005년 12월 23일 제313-2005-00277호

PD 정지영
DD 조혜상
다산책방 정지영
디자인연구소 최부돈, 황정민, 김태수, 조혜상
마케팅본부 모계영, 신현숙, 김하늘, 박고운, 권두리
광고팀 한보라, 박혜원
온라인마케팅팀 하미연
저작권팀 이정순, 김미영
미주사업팀 우제오
경영지원팀 김성자, 김미현, 유진희, 김유미, 정연주

주소 서울시 마포구 서교동 395-27
전화 02-702-1724(기획편집) 02-703-1725(마케팅) 02-704-1724(경영지원)
팩스 02-703-2219
이메일 dasanbooks@hanmail.net
홈페이지 www.dasanbooks.com

필름 출력 스크린그래픽센타
종이 월드페이퍼(주)
인쇄 (주)현문
제본 (주)현문

ISBN 978-89-6370-489-0 (03830)